덕질로
잘 먹고삽니다

덕질로 잘 먹고삽니다

박휘웅 지음

김영사

>>> **Contents**

🔸 Tutorial.

덕질이 업(業)이 되니
인생이 레벨 업(UP) 되었다

여기 한 덕후가 있다.

이게 그 덕후의 방이다.

대체 뭐 하는 사람일까? 그의 스테이터스를 간략하게 살펴보기로
하자.

우리는 '덕력 999'란 숫자에 집중해야 한다. 어느덧 30대 중반을 넘어서는 그의 인생. 과거였다면 이미 자식들을 유치원에 족히 보냈을 나이. 자식들에게 장난감을 사주고도 남을 나이에 그는 열심히 짱구 아이템을 모은다. 그렇다. 나이를 먹는다고 덕력이 줄지는 않는다. 오히려 늘어나고 있달까?

누군가는 지금 내 모습을 보고 시대를 잘 만났다고 혹은 인생이 EASY MODE 아니냐고 얘기하기도 한다. 하지만 이것만은 확실하게 말할 수 있다. 덕후로서의 삶도 순탄치만은 않았음을….

레벨 35는 잠시 접어두고, 레벨 1 때의 모습을 살펴보도록 하겠다.

레벨 1의 박휘웅.

초등학생 때부터 영화에 빠져 살던 나는 흔히 말하는 '씨네필'. 즉 '영화 덕후'였다.

한창 밖에서 뛰어 놀 나이였지만 난 집에서 뛰어놀았다. 그렇다고 정말 집에서 뛰어다닌 건 아니었다. 친구를 만나는 것 대신 〈짱구는 못말려〉, 〈요리왕 비룡〉, 〈다이의 대모험〉 같은 애니메이션 속으로 뛰어들

었다. 그게 내겐 훨씬 더 재밌는 일이었다. 애니메이션으로 시작한 영화 보기는 어느새 비디오 가게에서 〈네 멋대로 해라〉와 같은 고전 영화까지 빌려보는 수준이 되었다.

그렇게 되자 아이들이 게임 얘기를 하면 50년대 영화 얘기를 떠올리고, 여자 친구 얘기를 하면 어제 본 짱구를 떠올리니 말이 잘 통할 리 없었다. 그래서일까? 물론 친구들과 어울리지 않으려고 노력을 안 한 건 아니다. 하지만 학기 말이 되면 늘 혼자가 되는 마법이 펼쳐졌다.

대학교 때도 마찬가지였다. 초반에는 분명 나를 좋아해 주는 사람도 꽤 많았다. 하지만 3학년이 되니 1교시부터 10교시까지 혼자 이어 듣고 쉬는 시간엔 삼각 김밥으로 끼니를 때우는 '아싸 (아웃사이더)'가 되어 있었다. 자발적이든, 비자발적이든 내가 아싸라는 사실

이 슬프긴 했다. (모든 덕후가 나 같다는 소리는 아니다.) 그러던 어느 날, 진지하게 생각을 해봤다.

나한테 무슨 문제가 있는 걸까? 왜 학식도 안 가고 불쌍하게 혼자 강의실에서 삼각 김밥을 먹고 있는 걸까? 이게 만약 게임이라면 나는 주인공은커녕 파티원 9488번 혹은 잡몹쯤 되겠구나. 씁쓸한 생각으로 이어지던 그 순간 내 인생을 바꿀 삶의 모토가 떠올랐다.

"인생은 게임이다!"

어제도 밤새도록 하고 오늘도 쉬는 시간일 때마다 신나게 했던 게임을 떠올린 거다.

"그래, 이 게임의 주인공은 나다."

게임에는 검사, 마법사, 힐러처럼 다양한 클래스가 있다. 각 클래스는 저마다 고유한 특성을 지니고, 그 차이를 존중받는다. 클래스의 특성에 따라 어떤 맵에서는 약하지만, 또 어떤 맵에서는 가장 빛나기도 한다. 나 역시 따지고 보면, 열성 유전자가 아니라 단지 '덕후' 클래스였을 뿐이다. 한번 생각이 뻗어나가니 바로 다음 질문이 마치 퀘스트처럼 떠올

랐다. 왜 게임은 하루 종일 해도 질리지가 않을까?

답은 간단했다. 챌린지를 깨나가고, 경험치가 쌓이고, 사이버 머니를 벌고, 레벨업을 하기 때문이었다. 즉, 게임 안에서 나는 매일 성취감을 맛보았던 것이다.

그런데 인생이 게임보다 더 지루할 이유가 있나? 내 인생에도 매일같이 챌린지가 있다. 뭔가를 실패하든 성공하든 경험치가 쌓인다. 심지어 사이버 머니가 아닌 진짜 돈을 벌 수 있다. 일이 힘들기만 하다는 것도 어찌 보면 프레임 아닐까?

그날부터 내 클래스인 '덕후'에 맞는 일은 무엇일지 생각해 봤다. 내게 맞는 일을 찾고, 실전 경험치와 돈을 쌓아간다면 얼마나 재미있을까 상상해 봤다. 그렇게 파티원 9488번 아싸 덕후였던 나를 내 인생의 주인공으로 바꾸기로 마음먹었다. 그리고 앞으로 벌어질 모든 일들을 내 하루의 경험치로 여기고 하루하루 축적해 나가기로 했다. 인생이란 게임의 주인공이 되어 버킷 리스트를 짜고, 힘든 일들은 게임 속 퀘스트처럼 하나씩 완수하는 것이다.

그렇게 다짐한 지 10년도 안 된 지금, 나는 내 앞에 놓였던 수많은 미

션을 거의 다 해결하고 매해 새로운 버킷 리스트를 세우고 있다. 그렇다. 덕질을 '업(業)'으로 삼으니 인생도 레벨 '업(UP)'된 것이다.

이 책에서는 만 30년간의 덕질 인생, 80만 유튜버, 그리고 누적 매출 70억의 브랜드 창립자가 된 과정에 대해 허심탄회하게 소개하고자 한다. 여전히 변두리에 머물러 있다고 생각하며 스스로 벽을 쌓고 중심으로 나아가지 못하는, 그리고 누구보다 잘하는 '덕질'을 차마 '업'으로는 생각하지 못하는 세상의 많은 덕후들에게 이 책을 전하고 싶다. 그리고 위로하고 싶다.

덕후라서 다행이야.

박휘웅 드림

LV.1

덕후의 탄생

덕후는 되는 것이 아니다.
그렇게 태어나는 것이다.

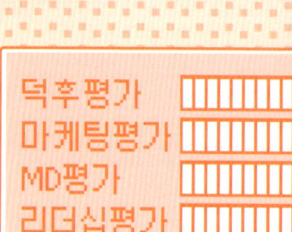

1988
JUN
8

체력	?	‖‖‖‖‖‖‖
맷집	?	‖‖‖‖‖‖‖
지능	?	‖‖‖‖‖‖‖
기품	?	‖‖‖‖‖‖‖
매력	?	‖‖‖‖‖‖‖
도덕심	?	‖‖‖‖‖‖‖
업보	?	‖‖‖‖‖‖‖
감수성	?	‖‖‖‖‖‖‖

덕후평가	‖‖‖‖‖‖‖
마케팅평가	‖‖‖‖‖‖‖
MD평가	‖‖‖‖‖‖‖
리더십평가	‖‖‖‖‖‖‖

덕력	?	‖‖‖‖‖‖‖
관종력	?	‖‖‖‖‖‖‖
독기	?	‖‖‖‖‖‖‖
항마력	?	‖‖‖‖‖‖‖

예의범절	‖‖‖‖‖‖‖
예술	‖‖‖‖‖‖‖
화술	‖‖‖‖‖‖‖
요리	‖‖‖‖‖‖‖
청소 세탁	‖‖‖‖‖‖‖
성품	‖‖‖‖‖‖‖

Lv.1
박휘웅

?

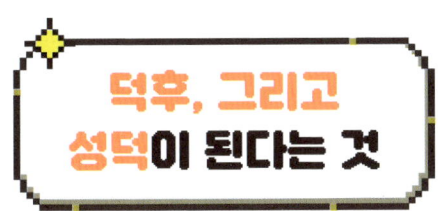

덕후, 그리고 성덕이 된다는 것

시작하기 전에 테스트를 하나 해보자. 당신은 덕후인가 아닌가? 아래 질문에서 다섯 개 이상 해당된다면 덕후라고 할 수 있겠다.

TEST ▶▶▶

- ☐ 뭔가에 빠져들면 남의 말이 잘 들리지 않는다.
- ☐ 마음에 드는 물건이 있으면 무조건 버리지 않고 모은다.
- ☐ 한 분야에 빠져들면 그걸 끝까지 파고들어야 직성이 풀린다.
- ☐ 덕질 관련 지식이나 정보를 백과사전처럼 줄줄 말할 수 있다.
- ☐ 덕질 아이템 가격이 비싸도 사는 게 맞다고 스스로를 설득해 본 적이 있다.
- ☐ 좋아하는 분야/대상이 나의 정체성 일부라고 느낀 적이 있다.
- ☐ 휴덕 혹은 탈덕을 하려다가 실패하고 재입덕한 경우가 있다.
- ☐ 덕질이 나의 정체성 일부라고 느낀 적이 있다.
- ☐ 다른 덕후들과 소통을 위해 팬카페 가입, 온라인 모임 등에 참여해 본 적이 있다.
- ☐ 같은 아이템을 소장용/사용용으로 2개 이상 산 적이 있다.
- ☐ 관련 소식(신작, 신제품, 신곡 등)을 누구보다 빨리 확인하려 한다.

나는 몇 개냐고? 자랑스럽게도 열 개 항목 모두에 해당된다. 모두들 편하게 체크해 보길 바란다. 먼저, 덕후란 무엇일까? 정의는 이렇다.

덕후 [더ː쿠']

(명사)

일본어 오타쿠(御宅)를 한국식으로 발음한 '오덕후'의 줄임말로 어떤 분야에 미친 듯이 빠진 사람
국어사전 결과 더 보기

맞다. 나는 덕후이다. 뭔가에 빠져들면 남의 말이 잘 안 들린다든지, 무슨 물건이든 모으는 취미가 있다든지, 한 분야에 빠져들면 그걸 끝까지 마스터해야만 직성이 풀리는 성격이다. 아니 성격이라기보다는 습관에 가깝다고 생각한다. 뭔가를 덕질하던 경험이 하나하나 쌓이다 보면 덕질이 습관이 되고, 그 습관이 라이프 스타일 전반을 바꾼다고나 할까?

이처럼 덕후가 되는 데에는 조건이 필요하다. 가장 중요한 조건은 '뭔가를 깊게 파고 드는 덕후의 기질을 가지고 있는가?', '그 기질을 파악하고 자신이 덕후임을 인정했는가?'이다.

처음에는 자신이 덕후라는 사실을 부정하는 '덕후 부정기'를 거치는 경우가 많다. 나 역시 내가 남다르다는 걸 인정하기까지 꽤 오랜 시간이 걸렸다. 이른바 덕후 부정기를 지나 덕후의 세계에 입문했다면, 이미 절

반은 성공한 셈이다. 덕질이라는 엄청난 패시브 스킬을 발견한 것이고, 이제는 그걸 무기로 삼으면 되기 때문이다. 하지만 성공한 덕후가 되려면 더 많은 조건이 필요하다. 한 분야에 집중해서 파고든다든지, 자신만의 스타일을 고수하며 그 분야를 마스터한다든지, 강점을 이해하고 실패든 성공이든 성취를 해내야 성공한 덕후인 '성덕'이 될 수 있기 때문이다.

'덕업일치*'라니 얼마나 신나는 일인가? 하루를 내가 원하는 일들로 채워나가고, 그 하루를 차곡차곡 쌓아가는 과정은 보람 그 자체다. 나의 덕후 부정기는 짧았지만, 그걸 무기라 생각하고 덕업일치를 하는 데 많은 시행착오를 거쳤다.

요즘은 덕후라 하면 개성을 존중받는 편이지만, 소위 '라떼'까지만 해도 그렇지 않았다. 지금에야 웃으면서 말할 수 있지만 과거 성덕의 삶은 고단했다. 조금 별나다는 이유로 끊임없이 평가를 받고, 때로는 정의(定義)가 아닌 규정을 당해야 했다. 그럴 때마다 이런 생각이 들었다.

'내가 특이한 건가? 그게 잘못된 건가?'

나중에 깨달은 거지만 이 생각은 잘못됐다. 게임처럼 필드 안에서 각자의 스킬을 어떻게 발휘하느냐에 따라 그 스테이지의 승자가 될 수도, 패자가 될 수도 있다. 하지만 당장 승자가 되든, 패자가 되든 확실한 건 내 삶이라는 게임에서 주인공은 나고 내가 힘을 발휘할 수 있는 스테이

---

* 덕업일치: 덕질과 하는 일이 같을 때 하는 말

지 또한 넘쳐난다는 점이다. 안타깝게도 나는 내가 덕후라는 것을 인정하고 나서도 '내가 주연도 조연도 아닌 NPC*정도 아닐까?'라는 생각을 오랫동안 해왔다.

이 책을 읽는 많은 사람들이, 나처럼 시행착오를 겪더라도 그 과정에서 성취감을 맛보고 성장하는 즐거움을 느꼈으면 하는 마음이다.

* NPC: Non-Player Character의 줄임말로 게임에서 플레이어가 아닌 고정된 역할을 수행하는 캐릭터

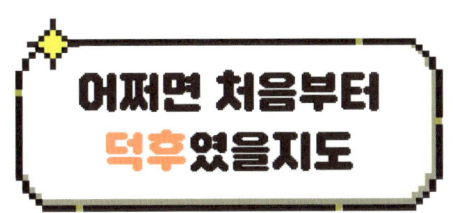

어쩌면 처음부터 덕후였을지도

나는 평범한 집에서 태어났다. 덕후라고 해서 특이한 집에서 태어나는 것은 아니다. 다만 나는 다른 아이들과 비교했을 때 확실히 별난 아이였다. 어렸을 때부터 누가 장난감을 사주면 그대로 가지고 놀기보다는 전부 분해해 다른 장난감과 재조립하거나 부숴버리곤 했다. 라디오 같은 작은 전자제품도 분해했고, 카세트테이프는 쭉 당겨 공처럼 말아두었다. 말 그대로 육아 난이도 최상의 아이였다. 그나마 다행인 점은 밖에 나가서 그런 게 아니라 집 안에서 혼자 그랬다는 것이다. 유치원 때도 친구와 어울리기보다 혼자 있는 시간을 더 즐겼다.

그 당시에는 미처 인식하지 못했지만 초등학교 때도 별난 건 마찬가지였다. 나는 여느 아이들처럼 뛰어놀았다. 하지만 다른 점은 방 안에서, 나만의 세계에서 뛰어놀았다는 점이다.

어렸을 때부터 게임, 만화, 영화, 음악 등 각종 콘텐츠를 워낙 좋아했는데, 혼자서 취미 활동하는 것만으로도 너무 바쁜 아이였다. 그냥 좋아하는 것을 넘어 나만의 스토리 북을 만들며 하루 종일 누워서 그 장면들을 상상하고 그려나갔다. 어쩌면 이때부터 덕질이란 것을 하기 시작한 것 같다.

'스토리가 이렇게 끝나면 어땠을까?'

나는 IF에 대한 생각을 써 내려가다가 어느새 내 오리지널 스토리와 캐릭터를 만들기 시작했다. 내가 만든 인물과 세계관을 상상하며 몇 시간이고 가만히 누워 있는 일이 다반사였다. 게임, 만화, 영화, 음악이 내 친구였고, 취미 생활로 늘 바쁘다 보니 굳이 친구를 사귈 필요도 느끼지 못했다. 이렇게 자유롭게 자랄 수 있었던 것은 내 개성을 존중해 준 집안 분위기 덕분이었다. 부모님은 가끔 "어쩜 집에 친구를 한 번도 안 데려오니?" 하고 걱정 섞인 말을 하셨지만, 별다른 충돌 없이 자유로운 환경 속에서 자랐다.

특히 엄마와는 그 어떤 친구보다도 잘 통했다. 하루를 마치기 전 우리는 매일같이 영화 한 편씩을 꼭 봤는데, 그 시간이 하루 중 가장 즐거웠다. 엄마는 올드팝 마니아이기도 했다. 클래식과 팝 테이프 모음집을 다양하게 모았는데, 그 시절 테이프에는 음악의 배경과 히스토리를 소개한 두꺼운 책자가 함께 들어 있었다.

나는 그 책자를 넘기며 '이런 이야기를 가진 가수가 이런 노래를 만들었구나', '이 가사의 뜻이 이런 내용이었구나' 하고 배경을 음미했다.

엄마와 동생과 나

그렇게 알고 다시 들으면 음악은 훨씬 깊고 흥미로웠다. 이해하며 듣는 과정에서 내가 그 음악을 온전히 감상하고 느꼈다는 묘한 만족감이 찾아왔다.

엄마는 음악 외에도 화분과 뜨개질 용품을 모았다. 나 역시 그 기질을 닮았는지 어릴 때부터 무언가를 모으기 시작했다. 단순히 소유하기 위해서가 아니라, 좋았던 경험이 머릿속에서 흘러가 버리는 것이 아쉬웠기 때문이다. 그래서 게임 CD, 만화책, 영화 잡지와 포스터, 음악 테이프, 비디오테이프 등을 그때의 감정과 함께 실물로 남겨두었다. 그것들을 바라볼 때면 '완벽히 득템했다'는 뿌듯함이 밀려왔다. 그리고 그 즐거운 기억을 잊지 않으려고 감상 기록과 새로운 해석을 꼭 노트에 적어두었다.

　이처럼 나는 바쁘지 않은 듯 항상 바쁜 아이였다. 학교가 끝나면 쏜 살같이 집으로 돌아와서 내 세상을 즐겼다. 이런 게 덕후 기질이었을 것이다. 어쩌면 처음부터 덕후였을지도….

삐빅! 당신을 NPC로 임명합니다

초등학교 고학년 때부터였을까. 내 세계가 흔들리기 시작했다. 누구나 겪는 사회화 과정이겠지만, 친구들과 어울리기보다 혼자 지내는 시간이 많았던 나는 다른 아이들에 비해 사회화를 조금 늦게 시작한 셈이었다. 누군가는 별일 아니라 할지도 모르지만, 초등학교 4학년 반장 선거 날은 내 인생의 큰 분기점 중 하나였다.

그날 후보로 나선 사람은 아무도 없었다. 문득 '나도 반장이 되고 싶다'는 생각이 들어 충동적으로 손을 들었다. 참여자는 단 세 명뿐이었고, 내가 떨어질 거란 생각은 전혀 하지 않았다. 근거 없는 자신감이라기보다는 늘 내가 원하는 대로 해왔기에 '원하는 것이 이루어지지 않을 수도 있다'는 상상을 하지 못했던 것이다.

결과는? 당연히 딱 한 표만 받고 떨어졌다. 투표해 준 건 내 짝꿍 한 명뿐이었다. 처음 느껴보는 충격이었다. 그제야 비로소 내 주변과 '주변이 바라보는 나'가 보이기 시작했다. 반에 친구라 부를 만한 사람이 없다는 사실과 내가 주변 사람들에게 호감이 아니라는 사실을 깨달았다. 반장 선거에 나왔다는 것 자체가 아이들에게는 웃음거리였다. 선거 당시 유별나게 까불던 내 모습은 시간이 지날수록 부끄러움으로 다가왔다.

내가 좋아하는 일, 내가 하고 싶은 일만 보던 좁은 시야가 학교로 확장되자 큰 혼란이 밀려왔다. 그때 처음으로 스스로에게 물었다. '나는 어떤 사람인가?' 곰곰이 생각해 보니, 나는 학교라는 사회의 암묵적인 룰을 꽤 많이 어기며 살아왔던 것 같다. 예를 들면 아래와 같은 것들 말이다.

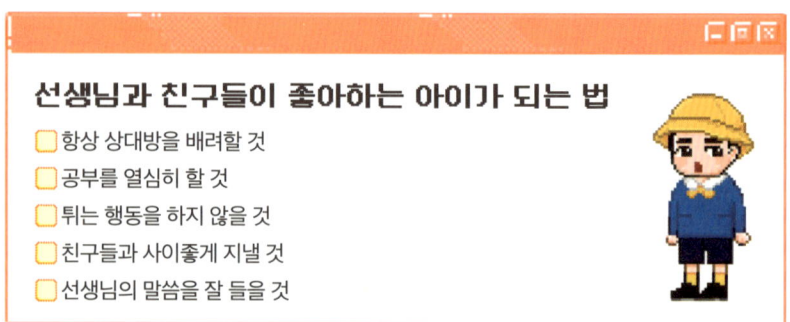

당시 내 머릿속에는 저런 당연한 것들에 대한 생각 자체가 없었다. 그러다 보니 내가 모르는 사이에 반에서 튀는 행동을 정말 많이 했을 것이다. 단적인 예로 '급식 카레 사건'이 있다. 초등학교 3학년 때였을까.

그때는 급식을 교실에서 먹었는데, 나는 향이 강한 음식을 유난히 싫어해 카레 냄새만 맡아도 헛구역질이 났었다.(물론 지금도 카레는 여전히 싫다.)

그런데 하필 급식 첫날 카레가 나왔다. 메뉴가 카레였으니 나는 당연히 손도 대지 않았다. 선생님께선 급식은 남기지 말아야 한다며 내게 먹으라고 여러 번 타이르셨지만 내가 꿈쩍도 않자, 결국엔 카레를 다 먹을 때까지 집에 갈 수 없다고 하셨다.

내가 먹기 싫은 걸 왜 먹어야 하지? 나는 그저 납득되지 않아서 먹지 않았을 뿐이었다. 보통의 아이라면 억지로라도 먹었을 텐데, 나는 4교시, 5교시가 끝날 때까지 식판을 치우지 않은 채 그대로 수업을 들었다. 수업이 모두 끝난 뒤 선생님과 교실에 단둘이 남아 있었고, 끝내 먹지 않자 선생님이 포기하셨다.

카레 사건 이야기는 금세 학교 전체로 퍼졌고, 나는 아이들 사이에서 특이한 애라는 낙인이 찍혔다. 당시를 회상하자면 나는 책상에 식판을 올려둔 채 수업을 들었으며 모든 수업이 끝나고 선생님과 단둘이 남아 있을 때까지 그 어떤 부끄러움도 느끼지 못했다. 그렇다고 선생님의 뜻을 꺾겠다는 생각으로 그런 것도 아니었다. 그냥 나만의 세계에 갇혀 있었던 것 같다. 물론 카레 사건 말고도 내가 인지하지 못한 비슷한 일들은 많았을 것이다. 초등학교 4학년 때까지도 장래 희망을 묻는 질문에 "007 같은 비밀요원"이라고 답했으니, 더 설명할 필요도 없을 것이다. 그때마다 아이들과 선생님이 웃었던 이유를 이제야 알 것 같다.

결국 '반장 선거 한 표 사건'은 거대한 자기 객관화의 태풍으로 돌아와 내가 알던 세상을 완전히 뒤집어 놓았다. 그간 아이들이 내 말에 웃었던 이유를 짐작하게 되자 나는 점점 의기소침해졌다.

'나는 게임으로 치면 이름도 뜨지 않는 NPC 아닐까?'

그런 생각들이 꼬리를 물며, 나를 학교라는 스테이지의 가장자리로 몰아세웠다.

자, 이제 시작이야!
내 꿈은 주인공

그때부터였을까? 학교 자체가 싫어지고, 그 안에 있는 사람들도 싫어졌다. 하지만 여전히 좋아하는 것들도 있었다. 학교 생활은 재미없었지만 학교 밖에선 신나다 못해 가슴 뛰는 순간이 많아졌다.

〈우리는 챔피언〉 만화에 빠져 미니카도 계속 사들였고, 〈랑그릿사〉, 〈파랜드 택틱스〉라는 게임에 빠져 엔딩만 몇

번을 봤는지 모르겠다. 매일같이 오락실에 달려가 〈킹 오브 파이터즈〉를 했고 애니메이션 〈슬램덩크〉, 〈세일러 문〉 본방 사수는 기본이요, 〈다이의 대모험〉에도 푹 빠져 만화책 전권을 사들였다.

친구들이 밖에서 뛰어놀 때 나는 혼자 할 수 있는 취미 활동에 심취했다. 영어 단어 외우는 것보다 1세대 포켓몬 1번부터 151번까지 순서대로 외우는 걸 더 잘했고, 그게 내 자부심이기도 했다.

그러던 중 내 인생을 바꿔놓을 또 하나의 사건이 일어났다. 바로 영화 〈트루먼 쇼〉를 본 것이다. 워낙 유명한 영화라 대부분 알겠지만, 줄거리를 간략히 말하자면 이렇다. 평범한 삶을 살아가던 30대 남성 트루먼은 사실 한 TV쇼의 주인공이었다. 트루먼 자신만 모른 채 그의 일거수일투족은 '트루먼 쇼'라는 이름으로 전 세계에 방영되고 있었고, 그가 알던 세상은 모두 만들어진 세상이었다. 그의 가족, 친구, 동료를 비롯

한 모든 주변 사람들은 연기자였고, 심지어 그가 가진 트라우마마저 그가 촬영 세트장을 떠나지 않게 하기 위한 장치였다. 한마디로 그의 삶은 모두 연출된 것이었다. 결국 그 사실을 알게 된 트루먼은 진짜 자신의 삶을 찾아 세트를 벗어난다. 이 영화의 기획 의도는 미디어의 폐해를 보여주는 것이었겠지만, 나는 전혀 다른 방식으로 받아들였다.

"나도 '박휘웅 쇼'의 주인공이고, 주변은 모두 연기 중인 게 아닐까?"

어린 마음에 나는 실제로 나를 찍고 있을 카메라를 찾아보기도 하고, 거울을 보며 트루먼 쇼의 오프닝을 흉내 내기도 했다. 마치 내가 영화 속 주인공이 된 것처럼. 그렇게 한 달 동안 〈트루먼 쇼〉를 교과서처럼 반복해서 봤다. (물론 교과서를 스무 번 본 적은 없지만.)

거짓말처럼 들리겠지만, 그 후유증에서 벗어나는 데 한 달은 걸렸다. 〈트루먼 쇼〉의 충격은 내가 믿어왔던 세상을 뒤흔들었고, 나는 혼란스러움 속에서 길을 잃었다. 지금 돌이켜보면 덕후의 DNA가 아니면 나올 수 없는 반응이었다. 정신을 차리고 보니 엄마는 진짜였고 학교도 진짜였으며 우리 집 또한 세트장이라기엔 너무 현실적이었다. 그리고 무엇보다 내가 PD라면 이런 평범한 인물로 쇼를 만들 일은 없겠다는 결론에 이르렀다.

하지만 내가 〈박휘웅 쇼〉의 주인공이 아니라는 걸 깨달았다고 해서 그 감정이 사라진 건 아니었다. 살면서 이렇게까지 어떤 것에 빠져본 적이 있었던가. 학교에서는 무표정으로 앉아 있다가도, 집에 돌아와 〈트루먼 쇼〉를 볼 때면 내가 주인공이 된 것 같았다. 심장이 두근거리고, 세상이 조금 다르게 보였다. 어쩌면 그것이 내게 찾아온 첫사랑 같은 감정이었는지도 모른다.

그 감정은 다음 영화로 이어졌다. 〈트루먼 쇼〉가 감동을 줬으니, 〈트루먼 쇼〉의 감독인 피터 위어의 다른 작품도 봐야겠단 생각이 들었다. 그렇게 고른 영화가 〈죽은 시인의 사회〉였다. 공부만이 인생의 전부인 웰튼 아카데미라는 미국의 명문고에서, 키팅 선생님을 통해 아이들이 인생의 의미를 깨닫는 이야기다. 이 영화의 메시지는 입시 위주의 교육을 비판하는 것이었겠지만, 나는 또 엉뚱한 곳에 꽂혔다. 바로 비주류 캐릭터, 찰리 달튼이었다.

찰리 달튼은 모두가 "예스"라고 할 때 "노"라고 외치는 인물이었다. 조회 시간에 까불다 혼나기도 하고, 선생님에게 지적을 받으면서도 기죽지 않는 자유로운 성격이었다.

"이렇게나 쿨할 수가!"

영화를 다 보고 난 뒤, 내 결론은 단순했다.

"찰리 달튼 같은 사람이 되자."

공부도 잘하고, 친구도 많고, 당당하게 자기 생각을 말할 수 있는 사람. 그런 인싸 캐릭터가 되고 싶었다.

"그런데 잠깐, 나도 잘할 수 있을 것 같은데?"

그때 처음으로 학교라는 스테이지에서 NPC가 아니라 주인공이 되고 싶다는 생각이 들었다. 그리고 왠지 할 수 있을 것 같았다. '굳이 친구들이 이해하지 못하는 덕후 취향을 드러낼 필요는 없지 않을까? 학교

에서는 쿨한 인싸 박휘웅으로, 집에서는 덕후 박휘웅으로 살면 되잖아?'
그런 생각이 들었다.

"그래, 내 꿈은 NPC가 아니다. 주인공이다."

그렇게 나는 학교에서의 부캐와, 덕후로서의 본캐로 삶을 나누기로
했다. 지금은 부캐라는 개념도 생기고, 부캐가 흔해졌지만 저 당시엔 아
니었다. 당시엔 본캐, 부캐라는 정의는 내리지 못했지만 달라지고 싶었
다. 그러기 위해선 무언가 돌파구가 필요했고, 내가 좋아하는 캐릭터들
을 떠올렸다. 〈죽은 시인의 사회〉의 공부 잘하고 쿨한 찰리 달튼과 〈다
이의 대모험〉에서의 세계를 구하는 영웅 다이. 내가 다이처럼 세계를
구하고, 찰리 달튼만큼 쿨하지는 못하더라도, 비슷하게 따라해 보기로
했다. 그렇게 나의 오랜 본캐와 부캐의 역사가 시작되었다.

숨덕(숨어서 덕질하는 덕후)!
부캐를 만들다

　　나는 학교에서의 내 모습(부캐)을 이렇게 정했다. 찰리 달튼처럼 외향

적이고 친구가 많으며, 아닌 건 아니라고 말할 수 있는, 공부도 잘하는

반항기 있는 인싸 캐릭터. 그리고 마음가짐은 다이 같은 용사 캐릭터로 설정했다.

"내게 무슨 역경이 생기더라도 다이처럼 세계 멸망의 위기를 겪는 것도 아닌데, 그렇게 심각할 필요는 없잖아?"

친구와의 자잘한 다툼이나 하기 싫은 일을 해야 하는 상황, 발표를 해야 하는 일 따위가 그 시절의 역경이라면 역경이었다. 하지만 세계 멸망에 비하면 아무것도 아니었다. 그렇게 생각하니 모든 일이 한결 가볍게 느껴졌고, 어떤 일이든 긍정적인 태도로 해결할 수 있었다. 공부도 예전보다 열심히 하고, 옷도 신경 써서 입고, 피부 관리도 하며 나를 브랜딩하는 데 힘을 쏟았다.

노력의 결과는 어땠을까? 부캐 설정은 매우 성공적이었다. 친구들에게 특이한 애가 아닌 호감형 인간이 되는 데 성공했기 때문이다. 어릴 때 나는 '재미있지 않은데 웃어야 하나?'라는 생각을 자주 했다. 웬만큼 웃긴 일이 아니면 무표정이었고, 최대치가 미소였다. 악의가 있었던 건 아니다. 그저 상대의 말이 웃을 만큼 재미있지 않았을 뿐이다.

하지만 웃기지 않아도 웃어야 사람들이 좋아한다는 사실을 깨달았다. 거울 앞에서 소리 내며 웃는 연습도 했었다. 물론 눈웃음까지는 어려워서, 입만 웃는다는 지적을 자주 받았지만 그조차도 연습의 과정이라 생각했다. 또한 예전엔 아래처럼 생각의 흐름이 이어져 대화가 끊겼다면, 내 생각과 별개로 공감되지 않더라도 최대한 공감해 주려 노력했다.

여자친구와 잘 안 맞는다? → 헤어지면 되는 거 아닌가?

시험 성적이 잘 안 나왔다?" → 공부하면 되는 거 아닌가?

내 성격은 지금도 그렇듯, 대대대대문자 T 그 자체였다. 솔직히 말하면 공감하는 척 연기하는 건 어려운 일이 아니었다. 성격을 바꾸는 건 힘들지만, 다른 사람인 척하는 건 의외로 쉬웠기 때문이다. 그것은 일종의 퀘스트였다. '사랑받는 사람 되기' 퀘스트는 성공적이었고 친구들이 많아지자 게임에서 목표를 달성했을 때처럼 큰 성취감을 느꼈다.

이 결과를 바탕으로 중학교 때부터는 부캐의 삶을 본격적으로 시작했다. 학기 초부터 리액션이 좋고 활발한 캐릭터로 친구들에게 나를 각인시키기 위해 노력했고, PC부장, 미화부장 등 맡을 수 있는 직책은 모두 맡았다. 어느새 친구들과 선생님이 좋아하는 학생이 되어 있었다. (물론 반장 선거만큼은 트라우마 때문에 나가지 못했다.)

'아, 이런 게 사회생활이구나.'

다른 아이들보다 사회화는 늦었지만, 사회가 원하는 모습으로 나를 만들었다. 목표가 뚜렷했기에 결과값도 좋았다. 다들 사회에서는 가면을 쓴다고 하지 않나? 집에 돌아와 가면을 벗으면 정작 내가 누군지 모르겠다고 하지 않나? 나는 그 과정을 조금 더 일찍 겪었을 뿐이다. 다만 본캐와 부캐로 인해 혼란스러워하는 사람들과 다른 점이 있다면, 내 본캐의 정체성은 오히려 더 단단해졌다는 것이다.

본캐와 부캐를 나누자, 덕후 빠퀴의 삶은 오히려 더 깊어졌다. 우선

영화와 사랑에 빠졌다. 〈트루먼 쇼〉와 〈죽은 시인의 사회〉가 준 도파민은 또 다른 도파민을 갈구하게 만들었고, 영화 감상은 마치 싸이월드의 파도타기*처럼 즐거웠다. 피터 위어 감독의 작품들을 섭렵하다가 〈마스터 앤드 커맨더〉를 발견했고, 그 주인공인 러셀 크로의 필모그래피를 따라가다 〈글래디에이터〉와 〈뷰티풀 마인드〉까지 이어졌다. 그렇게 영화에서 영화로 이어지는 '영화 파도타기'를 하다 보면 일주일은 순식간에 사라졌다.

좋은 작품을 만났을 때의 카타르시스는 이루 말할 수 없었다. 정말 좋은 영화를 본 날에는 설렘 때문에 잠이 오지 않았다. 그땐 몰랐지만 지금 생각해 보면 완전히 도파민 중독 상태였다. 중학생 때 이미 몇백

---

* 파도타기: 다른 사람의 미니홈피 방문자 목록을 따라가며 연결된 사람들의 홈피를 연속적으로 탐색하는 기능

편을 본 것 같다. 감상한 영화가 300편을 넘어서자 자연스레 스토리의 패턴이 보이기 시작했다.

"이런 전개면 이렇게 끝나겠구나."

그리고 정말 그렇게 끝났을 때의 시시함이란. 튜닝의 끝은 순정이라고 하듯, 덕질의 끝도 결국 순정이었다. 어쩔 수 없이 오리지널을 찾게 되었다. 그때부터 고전 영화에 빠져들었다. 영화의 시작이라 불리는 뤼미에르 형제의 1896년 작 〈열차의 도착〉부터 조르주 멜리에스의 1902년작 〈달세계 여행〉까지 수많은 고전들을 찾아봤다. 그 시절의 영화들은 지금보다 훨씬 원초적이지만 오히려 그 순수함이 강렬했다.

영화 감상의 파도타기는 자연스럽게 영화 공부의 파도타기로 이어졌다. 영화의 역사까지 들여다보면서 촬영 기법, 감독들의 철학, 시대별 영화 운동을 탐구하기 시작했다. 프랑스의 '누벨바그', 그 영향을 받은 미국의 '아메리칸 뉴시네마', 영화의 본질로 돌아가려 했던 덴마크의 '도그마 선언'까지 파고들수록 세계는 넓고 흥미로웠다. (더 많은 이야기를 풀고 싶지만, 다들 재미없을 테니 이쯤에서 덕후의 마음을 눌러본다.)

학교에서 느꼈던 감정과는 달리, 영화와 영화에 관한 모든 것이 그저 좋았다. 좋아하는 건 갖고 싶은 게 인지상정 아닌가. 그때부터 영화와 관련된 모든 것을 모으기 시작했다. 비디오테이프가 쌓이기 시작했고, 영화관 표, 지금은 사라진 비디오 가게 잡지, 영화관에서 챙긴 포스터, 영화 잡지까지 영화와 관련된 모든 것은 버리지 않고 모아두었다. 그것들이 바로 나의 기념품이었다. 덕분에 그 시절 영화 덕질만큼은 동세대

최고 수준이었다고 자부할 수 있다.

부캐의 삶을 살 때는 그 역할에 충실했고, 본캐로 돌아오면 덕질의 삶에 다시 몰입했다. 여자 친구보다 고전 영화에 더 관심이 있었고, 친구들과 PC방에 가는 것보다 혼자 게임하는 걸 좋아했다. 당연히 친구들과 공감대가 맞지 않았다. 그렇지만 사회생활을 학습하고, 공감하는 척하는 일에는 어느새 능숙해졌다.

'이건 일이라고 생각하자. 집에 가서 신나게 놀면 되잖아.'

본캐와 부캐가 분리되니 모든 일이 한결 순조롭게 느껴졌다. 학교생활은 더 이상 버겁지 않았고, 취미 생활은 더 깊어졌다. 요즘 말하는 일과 삶의 분리를 나는 이미 20년 전부터 실천하고 있었던 셈이다. 그렇게 점차 자신감이 생기기 시작했다.

내 인생의 주인공, 나도 할 수 있겠는데?

덕질도
해본 사람이 합니다

그 후로는 무엇이든 빠지면 끝까지 파고들지 않으면 만족하지 못하게 되었다. 덕질이 습관이라는 말은 분명 이런 맥락에서 나왔을 것이다. 늘 최애*가 우선이지만, 차애**도 챙겨야 하는 것이 덕후의 숙명 아닌가. 나는 영화를 사랑하지만 만화도 사랑했다. 그런데 영화에만 시간을 쏟는 건 만화에 대한 예의가 아닌 것 같았다.

한번 깊게 심취해 본 사람이라 그런지, 영화 외 다른 것에 빠지는 일은 생각보다 쉬웠다. 그렇게 눈에 들어온 것이 애니메이션 〈짱구는 못 말려〉였다. 어릴 때는 그저 재미로 봤지만, 다시 보니 내가 정말 좋아했던 작품을 너무 홀대해 왔다는 생각이 들었다. 그래서 고등학교 시

* 최애: 최고로 애정하는 대상
** 차애: 두 번째로 애정하는 대상

절, 1기부터 최신 시리즈까지 전부 다시 보기 시작했다. 몇 번이고 돌려 보다 보니, 이제는 대사만 들어도 장면이 머릿속에 그려질 정도가 되었다. 그때부터 20년 가까이 〈짱구는 못말려〉는 나의 취침 ASMR을 책임지고 있다. 그 후에는 애니메이션이 어떤 원작으로부터 나왔는지 궁금해졌고 자연스레 만화책까지 전권 섭렵했다. 만화책까지 섭렵하니 자연스럽게 굿즈를 사 모으기 시작했다. 이게 어렸을 때부터 모은 굿즈들이다.

94년 세이코 한정판 시계, 98년에 나온 짱구 비디오, 90년대 나온 게임팩 등 고전 제품들도 많이 있다. 이렇게 20년을 짱구를 파다 보니 짱구 학과를 만들라면 만들 수 있을 정도의 전문가가 되었다. 덕분에 유튜브도 쉽게 시작할 수 있었다. 일본에는 도라에몽 학과가 있다는데, 나도 짱구 학과 아니면 덕질 학과를 만들고 싶다는 생각을 했다. 이외에도 〈다이의 대모험〉, 〈드래곤볼〉, 〈요리왕 비룡〉 등 장르 불문하고 만화와 애니메이션에도 빠져들었다. 게임도 마찬가지였다. 〈랑그릿사〉, 〈파랜드 택틱스〉, 〈스타크래프트〉 등 같은 게임을 몇 번이나 깼는지 모르겠다.

덕질하는 습관은 또 다른 덕질을 낳고 나를 덕질 전문가로 만들어 갔다. 한번은 인라인스케이트에 빠져 마트, 베이커리 할 것 없이 모든 곳을 인라인을 타고 다녀서 동네에서 인라인 보이라는 별명으로 불리기도 했고, 대학생 때는 헌팅캡에 빠져서 1년 365일 (심지어 지금까지) 매일같이 헌팅캡만 쓰기도 했다. 그것도 같은 모양으로만 말이다.

또 워커에도 빠져서 15년째 똑같은 모양의 워커만 신고 있는데 구매할 수 없는 컬러는 레더 페인트로 칠해서 만들었다. 이것 역시 보이는 것처럼 수십 켤레가 남아 있다.

확고한 취향은 나만의 패
션 세계를 만들었다. 그리고
자연스럽게 나만의 캐릭터
가 완성됐다. 내 캐릭터가 입
은 옷처럼, 내 스타일은 하나
의 모듈이 되어 20년 가까이
같은 패션을 고수하고 있다.

나는 내 주변 사람들이 나를 공감해 주지 못할 거라 생각했다. 왜냐고?

어떤 10대가 제3세계 예술 영화를 보고, 1930년대 고전 영화를 즐기겠는가. 물론 나와 비슷한 10대도 어딘가엔 있었겠지만, 안타깝게도 내 주변엔 없었다. 어차피 대화가 통하지 않을 걸 알았기에, 친구들에게 '빠퀴의 삶', 즉

덕질 이야기는 일절 하지 않았다. 덕질을 숨겼다기보다는, 그 이야기를 함께 나눌 사람이 없었다. 그래서 일기장을 친구 삼아 영화와 애니메이션 이야기를 쏟아냈지만, 마음 한구석에는 늘 아쉬움이 남았다. 이걸 어디에 풀어야 할까?

그래서 생각해 낸 것이 온라인 공간이었다. 누가 내 글을 읽어주든 아니든, 내가 탐구한 것과 분석한 것을 써내는 행위 자체가 즐거웠다. 단지 그것들을 세상에 배출하는 것만으로도 충분히 재미있었다. 그렇게 영화 커뮤니티와 팬 커뮤니티에서 '빠퀴'라는 닉네임으로 활동하다가, 고등학교 2학년 때 처음으로 카페를 만들었다.

이름하여 '무비촌'. 영화 감상평과 배우 필모그래피, 프로필 탐구, 감독 연구 등 영화에 관한 모든 것을 이야기할 수 있는 공간이었다. 회원 수가 폭발적으로 늘지는 않았지만, 당시 1,000명이 넘는 회원이 있었으니 꽤 성공적이었다고 생각한다. 나는 내 말을 들어줄 한 명만 있어도 아니 아예 없어도 괜찮다고 생각했는데, 세상에 나처럼 덕질하는 이들이 이렇게 많다는 사실이 놀라웠다.

그때부터 HTML로 영화 사이트를 직접 만들어 보고, 할리우드 배우 팬 카페도 개설하며 온라인 세상과의 낯가림을 점차 줄였다. 당시 유행이었던 싸이월드도 내 색깔에 맞게 꾸미며 미니룸, 사진첩, 일기장을 열심히 활용했다. 덕분에 친구도 늘었고, 일일 방문자 수도 제법 높았다. 지금 돌이켜 보면 그때 내가 SNS 세상에 눈을 뜬 것 같다. 오프라인에서는 덕질에 관련한 이야기를 할 이유가 없었지만, 온라인에서는 마음껏 내 생각을 나눌 수 있었고, 공감해 주는 사람들이 생겨나는 것이 즐거웠다.

영화를 이렇게 좋아하는 사람이 이렇게나 많았다고? 짱구를 이렇게 좋아하는 사람이 이렇게나 많았다고? 그들과 대화를 나누며 좋아하는 작품을 탐구하고 콘텐츠를 만들다 보니, 단순히 감상자나 평론가가 아니라 내 콘텐츠를 만들고 싶다는 창작 욕구가 솟았다.

왜 이 영화의 결말은 이렇게 끝났을까? 나라면 이렇게 만들었을 텐데. 그때 처음으로 오리지널 콘텐츠의 생산자가 되고 싶다는 생각이 들었다. 창작에 대한 갈증은 언제나 있었다. 어느 날부터 일기장에 그날의 기분을 가사처럼 써 내려가기 시작했다. 내 감정을 은유적으로 표현한 한 줄의 가사가 완성되면, 그것이 내겐 최고의 작품이었다. 그렇게 쓴 가사만 몇백 개가 넘었다. 어느 멜랑콜리한 날, 그 가사를 읽다 무심코 흥얼거렸다. 흥얼거리다 보니 멜로디가 생겼고, 그 멜로디를 가사에 붙이자 한 곡의 노래가 되었다.

이게 자작곡 아닌가? 음악을 배운 적은 없었지만, 그걸 직접 불러보고 싶다는 생각이 들었다. '내 이야기를 글이 아닌 노래로 부른다면 얼마나 짜릿할까?' 하는 마음에, 다음 날 바로 낙원상가로 달려가 그동안 모은 용돈으로 기타를 샀다. 기타의 기본도 모르던 나는 흥얼거리며 코드를 찾아 붙였고, 그렇게 첫 자작곡이 탄생했다.

내 감정을 이렇게 표현해 나만의 콘텐츠로 만든다는 것은 흥분되는 경험이었다. 지금까지 만든 곡이 전곡으로는 20곡, 후렴만 있는 곡까지 합치면 30곡 정도 된다. 기타를 치며 노래를 부를 때면 그날의 공기와 분위기, 감정이 되살아난다. 나를 위로하고 싶을 때, 자작곡을 연주하며 노래를 부르는 일은 여전히 가슴 뛰는 시간이다.

내 창작 활동은 영화 사이트, 카페, SNS, 시, 자작곡에 그치지 않았다. 영화를 워낙 많이 보다 보니, 단편영화를 직접 만들어 보고 싶다는 생각이 들었다. 방송부 PD 활동을 하며 '그래도 나만의 작품 하나는 남기자'는 목표를 세웠다. 그 당시 내가 감명 깊게 본 영화들은 데이비드 린치, 알랭 레네, 잉마르 베리만 같은 감독들의 예술영화였다 보니 자연스럽게 내 시나리오도 심오해질 수밖에 없었다. 대략 아래의 내용 같은 것들이었다. 학생들에게 유익하지도 않고 심오하기만한 시나리오는 방송부 선생님께 늘 퇴짜맞기 일쑤였다.

- 현실을 피해 꿈만 꾸다가 영원히 꿈에 갇혀버린 사람의 이야기.
- 한 사람을 동경해 미행하다가 결국 완전히 그 사람을 취하려는 사람의 이야기
- 주인공만 찾는 세상에서 흔한 NPC의 사연을 담은 이야기 등

결국 방송부 선생님과 타협해 우정에 관한 시나리오를 쓰기로 했다. 내용은 이렇다. 절교한 세 명의 친구가 한 엘리베이터에 갇히는데, 한 명은 잘나가는 친구, 한 명은 아웃사이더, 한 명은 부자였다. 하지만 극한의 상황에서 잘나가던 친구는 폭력적으로 변했고, 부자는 폐소공포증으로 기절했다. 결국 아웃사이더였던 친구가 상황을 중재하고 셋을 탈

MY COLLECTION
SKC
단편영화/친구라는 건
VHS

출시킨다. 원래는 모두가 죽는 결말이었지만, 현실적인 촬영 여건과 친구에 대한 메시지를 이유로 매우 밝게 각색됐다. 그 당시 내 기준으로는 100점 만점에 20점을 줄까 말까 한 작품이었지만, 운 좋게 여러 단편영화제에서 수상을 했다. 개인적으로 작품 자체는 아쉬웠지만 또 한 번 좋은 경험치를 쌓은 순간이었다.

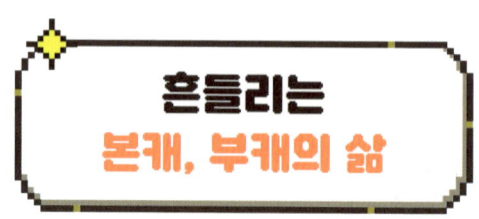

흔들리는
본캐, 부캐의 삶

현실적인 박휘웅의 삶과 이상적인 빠퀴의 삶이 공존하다 보니, 어느 순간부터 나름의 현실 감각이 생겼다. 일은 일일 뿐, 취미는 취미일 뿐. 각각의 선이 명확해지자 좋아하는 일을 하면서 돈을 벌자는 생각은 일찌감치 사라졌다. 대신 이렇게 생각했다. '일 중에서 제일 재미있고, 내가 잘할 수 있는 일을 하자.' 그래서 나는 이 기준으로 진로를 정했다.

물론 영화를 좋아했던 만큼 영화계에 발을 들일 수도 있었겠지만 자율성보다는 군기가 강했던 방송부 생활, 〈조폭 마누라〉와 〈가문의 영광〉 같은 상업 영화만 주목받던 당시 영화계의 분위기, 그리고 방학 중 단편 영화 촬영장에서 아르바이트 경험을 겪고 나니 내가 원하는 길을 가기는 어렵겠다는 생각을 했다. 그래서 결심했다.

"취미는 취미로 남기자. 대신 일을 열심히 해서 번 돈으로 영화 제작에 투자하자."

그 결과 나의 장래희망은 007 같은 비밀요원에서 영화 평론가가 되었다가, 영화감독으로 바뀌었다가, 결국 마케터로 정했다. 19살 때부터 마케터를 꿈꿨고, 30대 후반인 지금까지도 마케팅 일을 하고 있으니 성공한 덕후라고 할 수 있겠다. 내 안의 크리에이티브와 창작 욕구, 그리고 카페와 홈페이지를 운영하며 쌓은 경험을 합치면, 마케팅만큼 잘 맞는 직업도 없었기 때문이다. (물론 최종 목표는 애플이나 하이네켄 같은 브랜드의 마케터였지만.)

그렇게 공부도 열심히 하고 덕질도 열심히 열심히 하며 고등학교를 졸업했고, 마케터가 되기 위해 경영학과에 입학했다. 말이 경영학과지, 숫자 관련된 수업(회계, 재무 등)은 거의 패스하고, 마케팅 관련 수업만 들었으니 마케팅 학과나 다름없었다. 대학 생활을 끝내주게 하자는 다짐하에 나는 신입생 초반부터 달리기 시작했다.

고등학교 시절을 돌아보면, 나름 잘 버텨냈지만 무리에 섞이기 위해 나 자신이 아닌 사람을 연기하는 데에는 그 나름의 한계가 있었다. 친구는 많았지만, 어느 순간 마음속에서 선이 그어졌다. '이건 진짜 내가 아니야.' 그렇게 스스로 벽을 쳤고, 이상하리만큼 졸업과 동시에 모든 인연이 끊겼다. 졸업 이후 고등학교 친구를 단 한 번도 만나지 않았으니 그 한계는 명확했다.

이렇게 시행착오를 겪고 나니, 대학에서는 말 그대로 '갓생*'을 살아보고 싶었다. 그래서 버킷 리스트를 적었고, 그중 1번이 절친 만들기였다. 이번에는 진짜 친구를 만들어 보고 싶었다. 하지만 사회생활을 글로 배운 내가 그걸 잘해낼 리 없었다. 진정한 친구 만들기를 하나의 퀘스트로 생각하고 브레이크 없이 달리니, 오히려 될 일도 안 됐다.

얼마나 과했냐면, 거의 모든 과목에서 조장을 맡았고, 대학 생활의 로망을 실현하겠다고 월요일부터 금요일까지 모이는 날이 다른 다섯 개의 동아리에 가입했다. 당연히 모든 동아리 활동을 제대로 할 수 있을 리 없었다. 나는 여전히 본캐(덕후)의 삶에 집중하고 있었다 보니, 학교에서의 인싸 박휘웅이라는 부캐에게는 할당된 시간이 많지 않았다. 돌이켜 보면, 본캐의 삶에 부캐의 친구가 넘어오는 것도 그다지 원하지 않았던 것 같다.

지금에서야 이렇게 알지, 그때의 난 다 잘해내고 싶었다. 그래서 월요일에는 농구 동아리, 화요일에는 토론 동아리, 수요일에는 영화 동아리, 목요일에는 밴드 동아리, 금요일에는 당구 동아리까지 총 다섯 곳을 가입했고 월화수목금 매일같이 술모임에 나갔다. 여기에 경영학과 특성상 발표 수업이 많아 수업별 조 모임이 추가됐고 동아리 뒤풀이에 MT까지 추가되었다. Seven days a week 친목 모임에 모든 건 엉망으로 흘러갔다. 활발하고 발 넓은 인싸 캐릭터 박휘웅은 완성됐지만, 정작 진정한 친구는 단 한 명도 생기지 않았다. 활동량이 많았던 만큼 "쟤 너무 나댄다", "동아리 여러 개 하는 박쥐다" 같은 말도 따라붙었다.

★ 갓생: GOD과 인생(生)을 합친 말로 생산적인 삶을 뜻한다.

결국 학기 말쯤, 나는 모든 동아리에서 탈퇴했다. 수많은 사람들과 어색한 관계가 되었고 내 편은 아무도 없었다. 그렇게 의욕만 넘쳤던 대학교 1학년의 첫해는 허무하게 마무리되었다.

너무 달렸나? 그래, 군대나 가자! 고단했던 본캐와 부캐의 빼곡한 삶에 잠시라도 브레이크를 걸기 위해, 나는 곧바로 군 입대를 결정했다.

LV. 2
덕후의 레벨 업

좋은 건 갖고 싶은 게
인지상정. 일단 모아라.

1988

JUN

8

체력 400
맷집 400
지능 400
기품 150
매력 500
도덕심 700
업보 100
감수성 900

덕후평가
마케팅평가
MD평가
리더십평가

Lv.23
박휘웅

대학생

덕력 600
관종력 500
독기 700
항마력 550

예의범절
예술
화술
요리
청소세탁
성품

삐빅! 당신을 보급병으로 임명합니다

학교 다니면서 사람들이 나에게 가장 많이 했던 말이 있다.

"군대 가면 너 죽는 거 아니냐?"

응, 아니죠? 학창 시절보다 군대 생활이 재미있을 정도로 적응을 잘했기 때문이다. 물론 시작부터 평범하지는 않았다. 무슨 심리인지는 모르겠지만, 학교 다닐 때부터 군대는 크리스마스 날 가고 싶다는 생각을 했다. 다들 말렸지만 뜻을 굽히지 않았다. 결국 12월 23일, 눈이 펑펑 내리던 크리스마스 연휴 직전에 입대했다. 입대하자마자 25일까지 영화 〈나 홀로 집에〉를 보고 CCM을 부르며 3일을 쉬었다. 낯설지만 묘하게 낭만적인 화이트 크리스마스였다.

하지만 현실은 곧 찾아왔고 병종 분류가 시작됐다. 곳곳에서 지원자들을 부르는 목소리가 들렸다.

"통신병 지원한 사람 여기로 모여."

"IT병 지원한 사람 여기로 모여."

"아무것도 아닌 사람 여기로 모여"라는 소리를 듣고서 깨달았다. 나는 아무 신청도 하지 않은 그냥 입대자였다. 내가 언제 아무것도 아닌 사람이 됐지? 이미 이른바 꿀보직들은 다 빠져나가고, 남은 건 공병이나 포병뿐이었다. 후회해도 늦은 때였다.

입대 넷째 날부터 정신을 차리고 살 길을 모색했다. '그래, 일반병이 갈 수 있는 꿀보직을 찾자.' PX병, 행정병, 운전병 등이 떠올랐지만 경쟁이 치열했다. 그러다 보급병을 발견했다. 부대마다 TO가 있고 상대적으로 업무 강도도 낮다는 말에 촉이 왔다. 연계 전공이 국제 물류였고, 아르바이트 할 때 물류와 창고 관리를 했던 경험도 있으니 잘 맞을 것 같았다.

될지 안 될지는 모르지만, 1개월간의 훈련 기간 동안 보급병으로 분류되기 위해 온갖 노력을 쏟았다. 생활기록부에 장래 희망은 물류관리사, 취미, 특기 모두 물류 관리로 적었고, 면담 때마다 "보급병이 되고 싶습니다"를 외쳤다. 이윽고 고대하던 소대 배치 날, 나는 공병대대로 배정됐다. 순간 낙심했지만, 병종란에 적힌 단어를 보고 소리 없이 환호했다. '보급병.' 한 달간의 구애 작전이 성공한 건데, 이때의 기쁨은 말로 표현할 수 없었다.

이 기세로 군 생활을 주도적으로, 내 스타일대로 잘해보자고 다짐했다. 자체적으로 망했다고 평가했던 대학교 1학년 생활도 나를 확실히

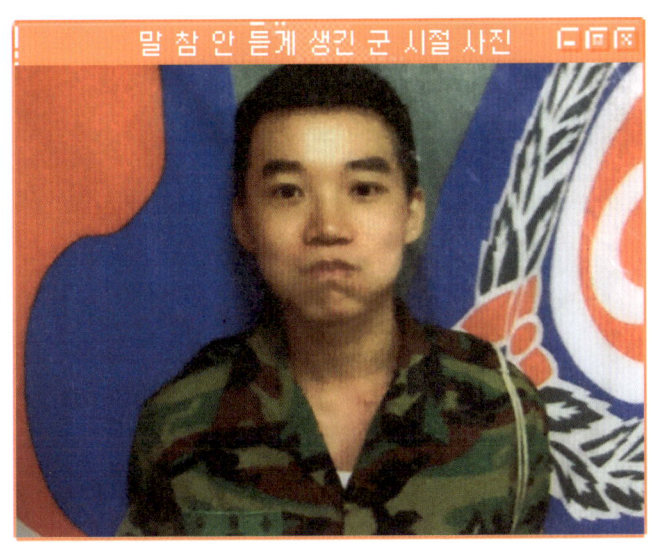

말 참 안 듣게 생긴 군 시절 사진

성장시킨 시간이었다. 아르바이트를 워낙 많이 하고, 동아리 활동도 많이 한 덕분에 그래도 눈치도 늘고, 사회생활 센스도 쌓였던 것이다.

또래였던 선임들은 물론 중대장, 행정보급관과 직접 스몰 토크를 하며 친해지려고 노력했다. 행정 지원, 자료 제작, 각종 공지 디자인까지 자발적으로 맡았다. 후임으로 들어온 서무병과 조리병들과도 잘 지내며, 어느새 중대의 행정 업무에 중요한 역할이 되었다.

결국 나는 부대의 핵심 인력이 되어 작게는 속옷 보급부터 휴가 일정, 대대 간 소통까지 맡게 되었다. 질투하는 선임들도 있었지만, 열심히 노력해서 중대의 핵심 인물로 군 생활을 보냈다. 입김을 불면 눈썹에 얼음이 맺히던 추위도, 한 달간 씻지 못하고 버텨내던 캠프도, 온몸이 부숴질 것 같았던 기나긴 행군도, 다시 생각하면 아찔하지만 나를 한 뼘 성장하게 한 좋은 경험이었다.

　"HE CAN DO, SHE CAN DO, WHY NOT ME?"

　"남들도 다 하는데 더 잘해내자."

　이 마음으로 1년 10개월의 시간을 성공적으로 보내고, 뭐든 다 할 수 있을 것 같은 자신감을 갖고 다시 사회로 나왔다.

삼각 김밥과 게임

하지만 사회는 녹록지 않았다. 복학하자 군 시절의 자신감 넘치던 박휘웅은 사라지고, 다시 아싸 박휘웅만이 남아 있었다. 그 시절을 대표하는 단어를 하나 꼽자면 바로 삼각 김밥이다. 함께 밥 먹을 사람이 없어 학식은커녕 맛집 한 번 가지 못하고, 강의실 한쪽에서 삼각 김밥으로 끼니를 때웠다. 과에는 친한 후배도, 동기도, 선배도, 교수님도 남지 않았고, 그저 나 혼자였다.

빨리 끝내버리자. 사람이 싫어져 학교 가는 날을 최소화하기 위해, 1교시부터 10교시까지 연강을 짜 주 2~3일만

NEW ITEM

삼각 김밥 아이템을 득템했습니다.
1,000WON
공격+100, 혼자력+50

학교에 나갔다. 수업 외에는 아무것도 하지 않았다.

그 시기의 나는 고등학교 때 인싸에 도전하던 패기도, 신입생 때의 활기와 자신감도, 군대에서의 치밀함도 모두 잃은 느낌이었다. 이게 아닌데…. 자발적으로 고립을 선택했지만, 쓸쓸함은 지울 수 없었다.

'만약 게임이라면, 나는 주인공은커녕 파티원 9488번쯤 되겠구나.'

평소처럼 혼자 삼각 김밥을 먹으며 게임을 하던 그때, 문득 한 가지 깨달음이 스쳤다.

'인생은 게임이다.'

매일같이 하던 게임을 떠올렸다. 내가 게임 속 캐릭터랑 다를 게 뭐가 있지? 나도 하나의 캐릭터였다. 이름이 있고, 패시브 스킬과 액티브 스킬이 있으며, 각각의 능력치가 존재했다. 게임에는 딜러, 탱커, 힐러처럼 다양한 포지션이 있고, 검사나 마법사처럼 고유한 클래스가 있다. 성능이 조금 떨어질지라도 모든 캐릭터는 존중받는다.

어디 하나 쓸모없는 직업이 있었던가? 차이는 주목의 정도, 혹은 취향일 뿐이었다.

빠퀴 님이(가)
인생이 게임이라는 것을
깨달았습니다.

'이 게임의 주인공은 나다.'

그렇게 생각하니 자신감이 1스탯 오른 기분이었다. 그렇다면 나의 고유기(패시브 스킬)는 무엇인가? 필살기(액티브 스킬)는 무엇이냐는 질문에는 제대로 답변을 할 수 없겠지만, 고유기(패시브 스킬)라고 하면 할 수 있는 말이 많았다. 덕질하기. 뭔가에 파고들어 덕질하는 것을 내 고유기로 볼 수 있었다.

그럼 다음 질문. 나의 클래스는 무엇인가? 지금은 대학생, 다음 단계는 당연히 마케터였다. 카페 운영, 웹사이트 제작, 방송부 활동, 단편영화 및 콘텐츠를 만들던 경험은 마케터라는 꿈을 이루는 데 큰 경험치를 쌓게 해줬다.

이렇게 생각하니 인생은 게임의 스테이지와 다르지 않았다. 보이지 않지만 경험치와 스탯이 쌓이고, 시험과 과제 등 수많은 챌린지가 주어진다. 나 역시 빠퀴라는 본캐와 박휘웅이라는 부캐로, 인생이라는 스테이지에서 매일 사투 중이었다. 내 인생의 스테이지에도 빌런이 있고, 보스몹도 존재하고, 나를 성장시키는 성장 아이템도 존재했다.

그렇다면 내 스탯은 어떻게 될까? 내 레벨은 어떻게 될까? 질문에 질문이 꼬리를 물었다.

먼저 스탯.

- 나이: 23살

- 체력: 400점

- 지능: 400점

- 기품: 150점

자체 평가를 주더라도 하나 뛰어난 게 없어 보였지만….

- 덕력: 600점

- 관종력: 500점

- 독기: 700점

이렇게 스탯화하니 내 강점인 부분들이 보였다.

여기서 또 다른 깨달음을 얻었다. 왜 나는 내 인생을 지루하게 느끼는 거지? 게임에 비유해 보면 전혀 지루하게 느낄 이유가 없었다. 내가 게임을 하루 종일 해도 질리지 않는 이유는 챌린지를 깨나가고, 경험치가 쌓이고, 사이버 머니를 벌고, 레벨 업을 하기 때문이었다. 게임 안에서의 나는 성장한다는 느낌, 누군가를 이겼다는 느낌, 즉 성취했다는 감정이 들기 때문에 매일같이 질리지 않고 즐거웠던 것이다.

그렇다면 인생이란 게임은 어떠한가? 어떻게 보면 게임보다도 더 사건 사고가 많고, 현실적이다. 심지어 이건 손에 잡히는 진짜 경험이고, 진짜 돈인걸? 사이버 머니나 가상의 경험치를 쌓아도 즐거운데, 나는 실제로 만져지는 돈을 벌고, 실제 경험치를 쌓는 것이다. 매일 게임에서 경험치를 쌓듯이 현생에서도 내 경험치를 올리고, 부족한 스탯들은 보완을 하면 되는 거였다.

현생에서의 성공과 실패 역시 재정의되었다. 게임에서는 매일같이 챌린지를 한다. 다만 게임에서는 이게 어렵다고, 실패할 것 같다고 두려워하고 도망가지 않는다. 오직 해낸다는 일념으로 몇 번이고 실패하더라도 부족한 부분을 보완해서 성공해 낸다.

현실에서도 마찬가지였다. 현실에서는 실패하더라도 경험치가 쌓이기 때문에, 자신감을 가지고 도전하면 되는 거였다. 이렇게 인생을 게임으로 비유해 보니 다시 모든 것에 흥미가 생기기 시작했다.

⫸━▶ 인생 게임론

- 실패하더라도 무조건 도전하자.

- 챌린지 깨듯이 독기로 밀어붙여 성공하자.

- 그 이후부터 부족한 부분들을 채워 스탯과 경험치를 올리고, 하루하루 레벨 업

  하는 데 열중했다.

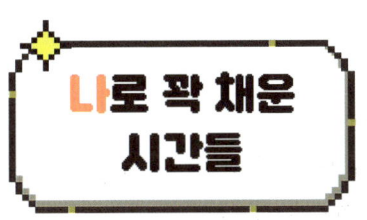

나로 꽉 채운 시간들

그때부터 질문이 꼬리를 잇기 시작했다. 내 부족한 부분은 뭐고, 강점은 무엇일까? 내 능력치들을 분야마다 스탯화해 보니, 내가 도전할 과제들이 한눈에 보였다.

먼저, 다시 사회성을 키우자. 학교라는 스테이지에서 잠시 변두리로가 있던 나를 중심으로 옮기고 싶어졌다. 삐딱선에서는 이쯤 내려오고, 수업을 같이 듣는 사람들과 친해지려고 노력했다. 그러니 수업이 다시 재미있어지고, 성적도 함께 올랐다.

과외 활동도 다시 열심히 했다. 다양한 경험치를 쌓고 싶다는 생각에 CGV, 맥도날드 아르바이트를 시작으로 이마트에서 떡갈비와 돈가스를 팔아보기도 했고, 돈을 많이 주는 PC방 야간 아르바이트를 하면서 낮밤이 바뀐 적도 있다. 이외에도 카페 알바, 술집 알바, 과외, 공사장 인부,

빠퀴 님이(가)
[아이스브레이킹], [쿠션 멘트]
스킬을 습득했습니다.

▼

대외 활동 서무 아르바이트, 방송사, 통신사 일일 아르바이트 등 안 해 본 게 없을 정도로 다양한 아르바이트를 했다. 경험도 쌓고, 통장 잔고 까지 두둑해지니 이보다 재미있는 일이 없었다. 사회성 부분에서 다양 한 스킬도 얻었다. 내가 얻은 몇 가지 스킬을 아래 공유해 본다.

하나, 아이스브레이킹·쿠션 멘트 스킬 장착.

무슨 얘기를 시작하든 간에 "죄송하지만"으로 시작하고 "감사합니다" 로 끝내라. 이건 아직도 버릇이 돼서 잘 써먹고 있다.

둘째, 사회화 스킬 장착.

하도 다양한 사람들을 만나다 보니 사람에 대한 경험치가 쌓였다. 어 린아이부터 10대, 20대, 30대, 노인 그리고 예민한 사람, 친절한 사람, 진상인 사람 등 다양한 유형의 사람들을 만났던 게 경험치로 쌓였다. 사 람을 보기만 해도 촉이란 게 생겼으며, 사람들을 대할 때 어떻게 해야 하는지 몸이 본능적으로 움직였다. 새로운 사람을 대하고, 어느 선까지 친근해지는 데 자신감이 생겨 회사를 다니는 데에도, 사업을 하는 데에 도 큰 도움이 됐다.

아르바이트만 한 것은 아니다. 마케터가 되려면 대외 활동이란 것을 해야 한다고 하네? 그때부터 온갖 대외 활동 및 서포터즈에 신청을 했다. 통신사, 유통사, 제조사 등 다양한 기업의 대학생 서포터즈 활동을 열 건 가까이 했다. 그리고 여덟 건의 활동에서 그 기수 기장을 맡았으며, 대부분 최우수 서포터즈 상을 받았다.

여기에서도 얻은 것은 많다. 늘 마케팅에 대한 이야기를 하고 싶었는데, 마케터가 꿈인 친구들과 만나 마케팅에 대한 이야기를 한다는 것이 너무 즐거웠다. 그리고 마케터라는 꿈을 향해 달려가는 친구들을 보며, 무조건적인 경쟁의식보다는 "나도 열심히 해야지"라는 긍정적인 자극이 됐다. 초·중·고·대학교 친구가 지금은 0명에 수렴하지만, 대외 활동 때 만났던 친구 민균과 윤지는 아직까지 연락을 하며 지내고 있기 때문이다.

마지막으로는 대외 활동의 정점인 봉사 활동도 진행했다. 하지만 이게 웬걸? 국내 봉사 활동보다는 해외 봉사 활동이 가고 싶어서 여러 군데 지원을 해봤지만 다 떨어졌다. 그래도 봉사 활동은 해야 했기에, 동네의 YMCA에 연락을 했다.

대외 활동했던 경험을 살려 내가 직접 대학생 봉사단을 만들어보겠다고 대뜸 제안을 했다. 결과는 예상외로 OK였다. 그렇게 동네 YMCA 대학교 봉사단이 탄생했다.

처음에는 아이들을 가르치는 활동을 했지만 쉽지 않았다. 여러 어려운 점이 있었지만 먼저 내가 아이들에게 좋은 멘토가 될 수 있을지, 그런 자격이 있는 사람일지 확신이 서지 않았다. 또 아직 친구조차 내 울타리에 제대로 들인 적 없었기에 아이들을 내 울타리 안에 들여 긍정적인 방향으로 이끄는 것도 어려웠다. 또 아이들의 교육에서 가장 중요한 건 가정 환경 개선이었으나 이 부분에 대한 조치는 내가 할 수 있는 영역이 아니었다.

결국 나는 독거노인을 돕는 쪽으로 방향을 돌려 주마다 가정 방문을 했다. 할머니들은 장기적인 도움보다는 외로움을 달래줄 말동무가 필요했고, 내가 그 역할은 잘 할 수 있다고 생각했다. 나에게 할머니란 그저 할머니일 뿐이었는데, 할머니마다 개성도 넘쳐나고 각자 고민도 다르다는 걸 그때 처음 느꼈다.

벌레를 무서워하시던 소녀 같은 할머니도 계셨고, 겉으로는 퉁명스럽게 뭐든 싫다고 하시다가 슬쩍 챙겨주시던 츤데레 할머니. 누구에게나 상냥한 할머니 등 다양한 할머니들을 만났다.

그러다 나 혼자 개인적으로 만나는 것보다는 서로 연결시켜 드리면 어떨까 싶어졌다. 그래서 그 아이디어로 지하철 여행 동아리를 만들었다. 독거노인들과 함께 도시락을 싸서 1주에 한 번씩 지하철로 여행을 가는 활동이었다. 어디 기댈 곳도 없지만, 이 동아리가 유일한 인생의 낙이라는 할머니들을 보며 큰 뿌듯함과 성취감을 느꼈다.

하지만 어느 날 스스로 세상을 떠나신 할머니의 소식을 듣게 되었다. 취업해도 봉사 활동을 어느 방식으로든 계속해야겠다는 마음을 먹었지만, 그 사건 이후로 포기하게 되었다.

할머니들에게도 내가 해결해 줄 수 없는 근본적인 문제가 있었고, 봉사는 단순한 챌린지가 아님을 깨달았다. 봉사 활동은 마라톤에서 선수들과 함께 달리는 페이스메이커처럼 꾸준히 함께해야 하는데, 모든 일을 불태우며 단거리 달리기처럼 수행하는 나에게는 적합하지 않아 보였다. 그냥 모르면 좋았을 것을 하는 고통스러운 마음도 있었다. 오랫동안 봉사 활동을 하는 선생님들이 존경스러워지는 순간이었다. 이렇게 실패라면 실패도 해보고, 성공 경험도 많이 쌓으며 2년 동안 나로 꽉 채운 시간을 보냈다.

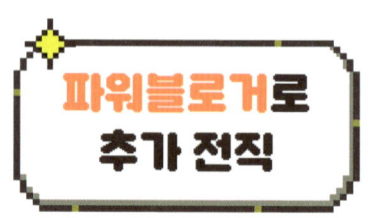

일상이 게임이 되고, 모든 도전이 퀘스트가 되다 보니 빠퀴의 삶도 더욱 풍성해졌다. 여담이지만, 어렸을 때는 내 이름을 싫어했다. 내 별명이 박퀴였기 때문이다. 여기서 발음을 조금 더 세게 하면 빠퀴가 되었다. 솔직히 긍정적인 어감은 아니었다. 바퀴벌레라고 불리다가 빠퀴벌레라고 불리다가, 빠퀴로 불린 것이기 때문이다.

또 박휘웅이란 이름을 한 번에 알아듣는 사람이 없어서 싫었다. "희운이요? 희용이요? 휘용이요?" 심지어 "키움이요?"라고 묻는 사람도 많았다. 처음 들었을 때 다들 '휘'를 '희'로, '웅'을 '운'이나 '용'으로 들었다. 아무래도 쉬운 이름은 아닌 것 같다. 100명 중 99명이 처음에 못 알아들었으니 말이다.

요즘은 "휘파람 할 때 휘, 웅웅거리다 할 때 웅이요." 하면 대부분 잘

알아듣지만, 바퀴벌레가 아닌 좀 더 예쁘고 멋진 게 연상되는 이름이면 좋았겠다는 생각을 많이 했다.

하지만, 인생을 게임이라고 생각하자 관점이 바뀌었다. 특이한 이름도 내 개성이요, 캐릭터이기 때문이다. 그래서 항상 불려오던 빠퀴라는 닉네임으로 활동했다.

그렇게 싸이월드의 시대를 지나 블로그의 시대로 안착했다. 블로그명은 '빠퀴다방', 누구나 편하게 즐기고 가라는 콘셉트로 블로그를 제작했다. 처음에는 평소에 내가 하지 못했던 얘기들, 그리고 내가 좋아하는 것으로만 꽉 채웠다.

첫째, 영화

주로 50~60년대 고전 영화와 누벨바그 영화들을 다뤘다. 쉽게 찾아보기 어려운 알랭 레네 감독의 〈지난 해 마리앙바드에서〉라든지, 씨네필들에게도 해석이 분분한 잉마르 베리만 감독의 〈페르소나〉 같은 작품들을 분석했다.

둘째, 이색 맛집

새로운 경험을 쌓는 것, 즉 새로운 경험치를 쌓는 게 나의 도파민이 되다 보니 음식점도 일반적인 곳은 가지 않았다. 자취를 하는 것도 아니고, 한식은 우리 엄마 집밥이 제일 맛있었기 때문에 사 먹을 이유를 찾지 못했다.

그 당시에는 생소했던 스페인 맛집, 아르헨티나 음식점, 모로코 음식점 등 세계 음식이나 딸기 피자, 초콜릿 피자, 랍스터 버거 등 독특한 음식들만 찾아다녔고, 이와 관련된 글을 썼다.

결과는? 모두 예상한 것처럼 폭망이었다. 바쁜 와중에 일주일에 다섯 번씩 포스팅을 올렸음에도 방문자 수가 많아야 100명 남짓이었다. 물론 골수팬이 생긴 점은 괄목할 만한 부분이지만, 내가 블로그를 시작한 목적이 뭐였더라? 커뮤니티나 카페에서 조회 수 상관없이 대나무숲처럼 내 취향을 떠들 목적만은 아니었다. 마케터로서 글 조회 수도 높이고, 방문자 수도 높여 블로거로서 성공하는 것이었다.

맞다. 내 취향이 엄청 마니악했지. 마케팅을 책으로 배워서 그런지, 나름 블루오션을 노린다고 노린 거였는데 말도 안 되는 싸움을 하고 있던 것이다. 게임으로 치자면, 100명이 있는 서버에서 1등인 길드를 만들어봤자, 10만 명이 있는 최하위 길드에 사람이 훨씬 많은 것처럼 말이다. 파워블로거가 되려면, 좋은 마케터가 되려면, 내 취향인 콘텐츠보다는 보는 사람이 좋아할 만한 콘텐츠를 올려야 한다는 것을 깨달았다.

이후 많은 이들이 좋아하는 콘텐츠를 위해 리뷰도 올려보고, 대중적인 영화 리뷰도 올려보고 키워드를 분석해서 인기 맛집 글도 올려봤지만 좀처럼 조회 수를 높이기는 쉽지 않았다.

어떻게 하면 좋을까? 다시 '인생 게임론' 관점에서 이걸 조회 수를 올리는 퀘스트로 생각하니 방법은 간단했다. 이로 안 되면 잇몸으로 해결하면 되지! 조회 수를 어떻게 올릴까 고민하던 그때, 한 가지 아이디어가 떠올랐다.

그 무렵, 익명으로 링크를 남기고 서로 질문을 주고받는 형태의 서비스가 유행하고 있었다. 여러 페이지를 둘러보다가, 한 대학생이 만든 질문 페이지를 발견했다. 문득 이상하다는 생각이 들었다. 질문을 남길 수 있는 구조는 잘 만들어져 있는데, 정작 처음 사용하는 사람들을 위한 기본적인 사용법 안내나 Q&A는 보이지 않았기 때문이다.

그때 떠오른 아이디어가 Q&A 페이지를 내 블로그와 연결시키는 것이었다. 그럼 제작자는 Q&A가 해결돼서 좋고, 나는 댓글 응대가 귀찮긴 하지만 조회 수가 늘어나니 좋기 때문이다. 생각나자마자 다짜고짜 사이트에 있는 메일로 제작자에게 연락했다. 다행히 제작자도 흔쾌히 허락해 주었다. 사이트 하단에 있는 Q&A 링크를 누르면 내 블로그 Q&A 게시글로 연결되게 하였고, 사용법도 내 블로그의 게시글로 연결했다.

결과는 대박이었다. 하루에 3천 명의 방문자를 한 달 가까이 유지하며, 나름 파워블로거의 반열에 오른 것이다. 그때부터 조회 수 올리는 방법은 어렵지 않았다. 사람들이 좋아하는 것을 찾아, 내 블로그로 끌어오는 랜딩 방식을 쓴 것이다.

당시 CGV 아르바이트를 하고 있어, 새벽 사전 상영회에 참여할 기회가 많았는데, 새벽마다 개봉 전 테스트 상영을 꼭 보고 네이버 영화 리뷰란에 내 블로그 리뷰를 제일 먼저 띄웠다. 웬만한 글 아니면 개봉 후 일찍 올라온 글이 조회 수가 높을 수밖에 없는 게 리뷰 창의 알고리즘이었다.

나는 항상 최신 영화 리뷰 부분 상단을 차지하며, 조회 수를 끌어 모았다. 같은 방법으로 네이버 지도를 공략해 각 지역 맛집에 내 글이 연동되게 했고, 결과는 성공적이었다.

방문자 수와 조회 수가 높다 보니, 상단 노출도 잘되어 내가 쓰는 다른 글들도 조회 수가 높아졌다. 이런 방법들로 2년 가까이 높은 방문자 수를 기록했다.

내 취향은 마니악하다. 훌륭한 마케터가 되려면, 내가 하고 싶은 얘기가 아닌 상대방이 듣고 싶은 얘기에 집중해야 한다. 파워블로거 되기 퀘스트는 나만의 방식으로 성공했고, 마케터로서도 한 걸음 성장한 계기가 되었다.

취미 퀘스트 완료

이렇게 하는 일이 많다고 취미 생활을 소홀히 한 것은 아니다. 아르바이트를 통해 돈이 생기다 보니, 취미 생활은 더 다양해지고 깊어졌다.

첫째, 맛집 탐방

당시 나는 인천에 살았었는데, 블로그도 할 겸 일주일에 네다섯 번은

꼭 서울에 맛집을 탐방하러 갔다. 가장 많이 간 곳은 이색 맛집이 많은 홍대와 이태원. 나만의 맛집 고르는 철학은 이랬다.

- 똑같은 집은 두 번 가지 않을 것
- 그 가게만의 철학이 있는 곳으로 갈 것
- 다양한 메뉴를 파는 곳은 가지 않을 것

덕분에 생소한 나라의 음식점이나 한 카테고리만 파는 이색 음식점만 갔다. 스페인 음식, 러시아 음식, 카자흐스탄 음식, 모로코 음식 등 안 먹어본 세계 음식이 없을 정도였고, 라면 전문점, 떡 전문점, 호박 맛집, 귤 음식 카페, 랍스터 피자집 등 신기한 음식점도 많이 갔다.

음식점을 퀘스트 깨듯이 다니면서 경험치를 쌓은 것이다. 그런 입맛이 취향에 맞는 사람이 없으니 혼자서도 곧잘 갔고, 먹기 전에 사진만 몇십 장 찍었으니 혼밥에 대해 부끄러움은 없었다. 이미 3학년 때부터 혼밥에 익숙해졌기 때문이다.

이렇게 맛집을 탐방하면서 새로운 경험을 해서 좋긴 했으나, 단점이 있다면 그런 음식점들은 금방 문을 닫고 말았다. 그래서 다시 한번 마케터는 자기가 좋아하는 것만 하려고 하면 안 된다는 것을 배웠다.

만화책 전권. 인도네시아판 짱구 만화책

둘째, 짱구 제품 모으기

덕후들의 마음은 그렇다. 휴덕*은 있어도 탈덕**은 없다. 항상 자기 전에는 ASMR로 짱구 에피소드를 틀어놓고 잤다. 그러면 마음이 포근해지는 느낌이라고 할까? 동심으로 돌아간 느낌이라 너무 좋았다.

내가 짱구와 이렇게 함께하고, 짱구를 최애로 덕질하는데 짱구 관련 제품이 없다? 그건 말이 안 된다고 생각했다. 최애에 대한 예의가 아니었기 때문이다.

어느 날 제주도 맛집을 갔는데, 코카콜라 컬렉션을 모아 카페를 만든

---

* 휴덕: 덕질을 쉬는 상태
** 탈덕: 덕질을 그만두는 일

사람을 보고 나도 은퇴했을 때 이렇게 짱구를 국내 최고로 많이 모아서, 박물관이나 카페를 열면 좋겠단 생각이 들었다.

그때부터 꿈꿨다. 바로 국내 최고 짱덕! 이건 아직도 꿈꾸고 있는 목표라 짱덕력 경험치를 계속해서 쌓아나가고 있다. 덕후의 최종 단계인 굿즈 제작 및 판매까지 성공적으로 하고 있으니, 그 꿈에는 어느 정도 다가간 것 같다.

셋째, 진정한 씨네필 되기

영화는 중학교 때부터 언제나 내 0순위였다. 영화는 늘 나에게 형언할 수 없는 영감을 주었고, 특히 새로운 형식의 영화를 볼 때는 정말 즐거웠다.

위 작품들이 그 예이다.

필립 가렐 감독의 〈강렬한 고독〉이라는 1970년대 작품도 좋아하는데, 이 작품은 대사 한마디 없이 두 시간 동안 한숨 쉬는 사람의 모습만 보여준다. 그런 방식도 작품이 된다는 걸 처음 알았다. 영화라는 연출적 한계에서 틀과 클리셰를 깨고 도전하는 작품들을 보면 항상 도파민이 터진다.

책을 많이 읽으라고 하는 사람은 많지만, 영화를 많이 보라고 하는 사람은 영화를 좋아하는 사람뿐이다. 하지만 내가 생각하기에 영화는 대중과 가장 가까운 예술 중 하나다. 고전 문학 읽듯이, 고전 그림을 보듯이 영화를 감상하면 IQ는 몰라도 EQ는 오를 것이라고 자부한다.

영화 감상을 그저 게임처럼 소모적인 취미로 생각했지만, 어느 순간 내가 본 3천 편에 달하는 다양한 작품들이 나의 감수성을 키우고, 창의적 사고를 하는 데 큰 도움이 됐음을 깨달았다.

넷째, 인디 음악 감상 & 자작곡 만들기

영화를 이런 관점으로 보다 보니, 음악도 작가주의 인디 음악들만 찾

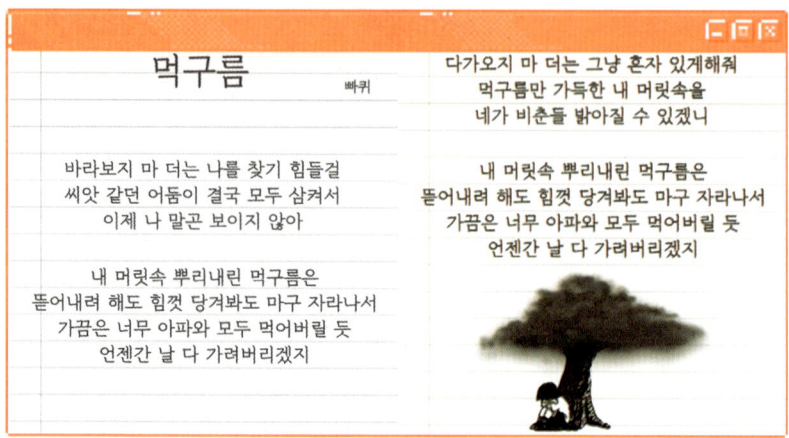

아 들었다. 자작곡이 아닌 이상 예술 작품이 아닌 상품이라는 생각이 들어서, 예술 작품을 찾아 들으려 노력한 것 같다.

이처럼 음악도 단순히 상품이 아닌, 시와 예술의 경계에 있으면서도 대중과 가까운 문화 예술이라고 생각한다. 그 사람의 이야기를 들으며 공감하기도 하고, 위로를 받기도 하고, 새로운 표현에는 감탄하기도 한다.

물론 음악을 듣기만 한 것은 아니다. 2013년쯤 되니까 완성된 자작곡 수만 15곡을 넘어갔다. 언젠간 가수의 꿈을 이루겠단 퀘스트도 버킷 리스트로 담아놓고 지금도 꾸준히 곡을 써 내려가고 있다.

다섯째, 게임하기

게임도 열심히 했다. 게임은 하루하루 성취감을 주는 퀘스트였다. 웬만하면 온라인 게임은 중독되고 시간이 오래 걸리니까 안 하려고 했고, 모바일 폰 게임 위주로 했는데, 서버 랭킹 5위 안에 들면 다른 게임으로 갈아타곤 했다. 물론 게임 속 세상이지만 공략 없이 챌린지를 깨나가고, 경쟁에서 이기며 성공의 경험을 쌓는다는 것은 소중한 경험이다. 적어도 게임하는 시간 동안은 내가 최고임을 맛볼 수 있으니까! 이게 얼마나 좋은 엔터테인먼트인가?

맛집 탐방, 굿즈 모으기, 영화 감상, 음악 감상, 게임. 어떻게 보면 정말 평범한 취미일 수도 있지만 남들보다 깊게, 아주 깊게 파고들어 특별한 취미가 됐다.

어릴 때 어른들이 하지 말라는 것만 모아놓은 것 같지만, 내가 생각했을 때는 아니다. 그걸 즐겼던 경험치들이 하나씩 쌓여 지금의 나를 만들었기 때문이다.

20대들에게 꼭 해주고 싶은 말

덕질은 옳다. 뭔가를 깊게 좋아하면, 작은 성취의 경험들이 쌓일 것이고, 그 경험들이 나를 더 자신감 있는 사람으로 만들어 줄 것이다.

취업 퀘스트도 성공,
마케터로 클래스 체인지

이렇게 게임을 하듯이, 내 부족한 스탯을 채우려, 다양한 경험치를 쌓으려 인생을 살다 보니 하루가 스케줄로 꽉꽉 찼다. 학교 갔다가, 쉬는 시간 틈틈이 음악 들으면서 게임하고, 아르바이트 갔다가 맛집 탐방하고, 집에 가서 블로그 쓰고, 자기 전에는 영화 감상하고, 잘 때는 짱구를 틀어놨다.

3년간 많은 것을 깊게 파고들고, 내가 좋아하는 것들로 꽉꽉 채우고, 나를 탐구해 나가다 보니 확실한 취미라는 것이 생기고 취향이라는 것이 생겼으며, 그건 나의 캐릭터를 좀 더 뚜렷하게 만들어 줬다.

개성이 필요한 시대에, 개성 있는 캐릭터가 되어 취업에는 더 유리해졌다고 생각했다. 다양한 경험을 통해 그 흔치 않다는 사회화된 덕후가 된 것이다.

취업도 퀘스트로

취업도 퀘스트로 생각하니 비교적 쉬웠다. 이 퀘스트의 목표는 오직 하나, 합격이었다. 합격하기 위해서는 그 회사의, 그리고 면접관의 니즈를 파악하면 됐기 때문이다.

내가 그 어렵다는 취업에 성공할 수 있을까? 걱정이 된 것도 사실이지만, 떨어져도 좋은 경험이 쌓이고, 붙으면 붙은 대로 성공 경험이 쌓일 테니 좋다고 생각했다. 그래서 취업 준비 기간을 즐기기로 결정했다.

스탯과 경험치의 결실

우선 3년간의 경험이 전혀 헛되지 않았다는 데에 큰 보람을 느꼈다. 남들 다 해야 한다는 공모전에서도 수상을 해보고, 직접 제안해 활동한 봉사 활동, 다양한 아르바이트 경험, 취미 활동, 대외 활동 등 부족한 스탯 및 경험치를 채우려 노력하다 보니 자소서에 쓸 내용이 넘쳐났다.

오히려 각 기업에 맞춰 경험을 골라서 써야 하는 게 어려운 작업이었다. 그래서 그 기업의 니즈를 파악하고, 뻔하지 않은 자소서를 쓰는 데 집중했다.

한 기업에는 일기 형태로 자소서를 써냈고, 한 기업에는 나를 게임 캐릭터에 빗대어 쓰기도 했다. 영업 마케팅팀 자소서를 쓸 때는 내가 얼마나 많고 다양한 사람을 만났는지를 퀘스트 형태로 표현했다. 아이부터 노인까지 이렇게 수많은 사람을 경험해 본 사람이 고객의 마음을 모를 리가 없다는 내용으로 말이다. 누가 자소서를 비효율적으로 모든 기업마다 다르게 쓰냐 하겠지만, 나에게는 즐거운 경험이었다.

열 개의 자소서, 여덟 번의 합격

이 마음이 전해졌는지는 몰라도, 가고 싶은 기업 딱 열 군데만 정해서 각각 열 개의 다른 자소서를 써냈는데, 서류만 여덟 곳에 붙었다. 이제 다음 단계인 면접을 준비해야 했다. 역시나 면접도 퀘스트라고 생각하며 면접 볼 때도 떨지 않고, 각 기업에 맞춘 나의 캐릭터를 보여주는 데 집중했다.

잊지 못할 영어 면접

예상치 못하게 모 전자 회사의 서류 심사를 통과했는데, 영어 면접이 기다리고 있었다. 통과할지도 몰라 당연히 준비도 안 했을뿐더러, 짧은 시간 안에 영어 면접을 유창하게 준비하기란 어려운 일이었다. 앞의 두 면접자가 영어로 유창하게 답변하는 것을 듣고 '역시 여긴 내 자리가 아닌가 보다'라는 생각이 들며 살짝 기죽기는 했지만, 이 얼마나 좋은 경험인가?! 면접 기회를 받은 것 자체가 즐거운 일이니, 마음이 편해졌다.

나에게 온 질문은 이랬다.

"만약 상사가 너를 괴롭히면 어떻게 대응할 것인가?"

이렇게 심오한 질문을 한다고? 잠시 당황했지만, 바로 자신 있게 대답했다.

"I'm lovely guy. Everyone likes me, so I can make him love me."

BOSS
만약 상사가 당신을 싫어한다면
어떻게 대처할지 영어로
해보세요 ▼

...!
I'm lovely guy. Everyone likes me,
so I can make him love me. ▼

지금 봐도 어이없는 답변이었지만, 웃으면서 당당하게 말하니 면접장은 웃음바다가 되었다. 신기한 건, 유창하게 말한 면접자는 최종 면접에서 떨어지고, 내가 붙었다는 사실이다.

그리고 첫 직장으로

이런 식으로 취업 준비도 즐기면서 하다 보니, 그다지 좋지 않은 스펙임에도 여덟 군데 서류 합격 중 다섯 군데에서 최종 면접에 합격했다. 엄청 힘들 거라고 각오했던 취업의 관문을 별 어려움 없이 통과한 것이다.

그중 내가 선택한 건 모 외국계 브랜드 한국 지사였다. 예상은 했지만 내가 생각했던 분위기와는 너무 달랐다. 자유분방한 스타일의 사람들이 많이 보였고 마치 학교 동아리 같은 느낌이었다. 다들 한마음 한뜻으로 운동을 즐기는 사람들이라 그런지 출근 전 축구 모임은 기본, 등산 동아리 같은 것도 있었고, 무엇보다 회식이 많았다.

놀라운 건 다들 진심으로 그 활동들을 즐기고, 동료들과 친근하게 지낸다는 것이다. 우리나라 회사에서는 기대할 수 없는 모습이라 신선한 충격이긴 했지만, 본캐와 부캐 사이의 울타리가 있고, 혼자 있는 시간을 더 좋아하는 나에게는 맞지 않는 곳이었다. 결국 입사 2주 만에 이직을 결심했다. 새로 가는 회사의 조건은 명확했다.

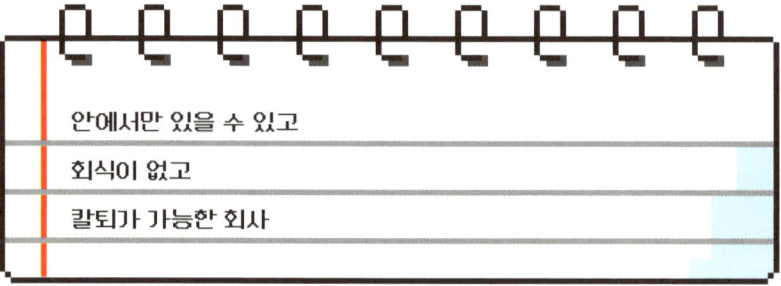

안에서만 있을 수 있고
회식이 없고
칼퇴가 가능한 회사

마침 운 좋게 한 패션 회사에서 채용 전환형 온라인 마케팅팀을 뽑는 면접에 합격했고, 여기를 내 첫 직장으로 선택하게 되었다. 여기는 회식이 없고, 직원들 사이에 적당한 거리감이 있었으며, 무엇보다 내가 좋아하고 잘하는 온라인 마케팅을 혼자 할 수 있는 회사였다. 그렇게 나의 다이내믹한 회사 생활이 시작되었다.

LV.3

컬래버 MD로
레벨 업

맞아, 나는 이 만화로
도망 온 거야.
그러니 모른 척해주겠니?

체력 500
맷집 500
지능 500
기품 300
매력 600
도덕심 750
업보 200
감수성 920

덕후평가
마케팅평가
MD평가
리더십평가

Lv.27
박휘웅 / 빠퀴

직장인

덕력 650
관종력 550
독기 750
항마력 600

예의범절
예술
화술
요리
청소세탁
성품

회사 생활?
EASY MODE ON!

사실 회사에 대해서는 잘 모르고 들어왔다. 취업 준비 기간이 워낙 짧기도 했고, 얼떨결에 도망치듯 들어왔기 때문이다. 다들 입사했다고 하니 걱정해 주는 척 돌림노래처럼 들려오는 카톡 소리를 듣다 보니, '이게 맞나?' 하는 뒤늦은 걱정이 몰려왔다. 하지만 회사 생활은 생각보다 너무 재밌었다. 이유는 간단했다. 상상했던 게 너무 HARD해서 그런지 실제로는 비교적 EASY했기 때문이다.

회사 생활, 분홍색 모드로 시작

회사 생활을 영화와 만화로 배웠던 터라, 내가 생각했던 회사의 이미지는 드라마 〈미생〉 그 자체였다. 꼰대 부장, 경쟁자, 회식, 숨 막히는 분위기 등 눈앞이 깜깜해지는 그 느낌 말이다. 색깔로 표현하자면 분명 검

은색이었을 것이다.

하지만 이게 웬걸? 내 회사 생활은 말하자면 분홍색 같았다. 어둡고 칙칙할 줄 알았지만 생각보다 밝은 분위기에 생동감이 넘쳤다. 나는 은근히 경쟁을 즐기는 편이라 적성에 잘 맞았고, 회식도 없지, 게다가 다섯 시 퇴근이라니!

회사라는 거대한 시스템 안에 있지만, 업무는 내 스타일대로 꾸려갈 수 있다는 게 정말 매력적이었다. 일을 덕질하듯 하며 잘하기 위해 끊임없이 탐구하고, 노력하고, 제안했다. 내가 직접 제안한 프로젝트가 잘됐을 때는 그보다 기쁠 수 없었다.

회사는 사랑의 대상이 아니다

회사에 크게 바라는 것도 없었다. 회사는 무생물 아닌가? 회사와 사랑에 빠져 집착한다거나, 서운한 감정을 느낀다는 건 너무 어색한 일처럼 느껴졌다. 돈을 벌고, 성취하고, 성장하는 것이 유일한 목표일 뿐, 애사심은 있었지만 회사와의 거리 두기는 확실했다.

이와 같은 맥락으로, 그 안에서의 인간관계도 깊게 맺으려 하지 않았다. 회사에 놀러 온 건 아니잖아? 어차피 시절 인연인 걸? 이미 아르바이트, 군 생활, 대외 활동 등 수많은 사회 활동을 하며 많은 사람들을 흘려보낸 터라 직장 동료는 말 그대로 동료일 뿐이었다. 굳이 회사라는 울타리를 넘어가면서까지 친해지려 하지 않았다.

밥은 대학교 때처럼 삼각 김밥이나 도시락을 사 와서 혼자 먹고, 남는 시간에는 게임을 하거나 낮잠을 잤다. 이렇듯 일과 인간관계에 감정을 섞지 않다 보니 부가적인 업무는 칼같이 거절했고, 일의 효율성은 매우 높아졌다.

나를 자극시킨 동료들

물론 친하게 지낸 동기는 있었다. NY와 HS, 그저 동료라기보다는 내가 리스펙트하는 사람들이었다. '이렇게 똑똑하고, 경험도 많고, 멋지고, 쿨하다고? 처음 만났을 때 태어나서 처음으로 누군가에게 압도되는 감정을 느꼈다. 그들을 보며 나 같은 평범한 사람도 회사 생활에서 살아남을 수 있을까 걱정했지만 그들이 있어 더 열심히 회사 생활을 할 수 있었다.

사실 그들이 유달리 뛰어났던 것이지, 사회 초년생들은 대체로 고만고만했다. 나는 초반에 이런 좋은 동료를 만난 덕분에 선의의 경쟁을 하며 회사 생활의 첫 단추를 성공적으로 꿸 수 있었던 것이다.

게임으로 치면, 나보다 레벨이 높은 길드원을 보는 느낌이랄까? 각각 이직, 창업 등을 하며 나보다 빠르게 새로운 챕터를 시작해서 그런지, 아직도 이들에게는 자극을 많이 받고, 영감도 많이 얻고 있다.

홍보 미션!
SUCCESS!

회사는 던전, 과업은 미션, 월급은 골드, 실제 경험은 경험치, 다른 팀원은 경쟁자, 팀원은 잠깐 스쳐 지나가는 파티원 등 회사 생활은 게임과 다름없었다.

하나의 게임처럼 생각하며 나만의 바이브로 회사 생활을 즐겼다. 치열했던 인턴십을 좋은 성과로 마무리하고 SPA 브랜드에 배정받게 됐는데, 가장 처음 맡은 건 오픈점 홍보였다.

페이스북을 무기로, 0원 홍보에 도전하다

당시 페이스북 페이지를 여러 개 운영하고 있었던 나에게 홍보는 너무나도 쉬운 일이었다. 왜 이렇게 대행사에 많은 돈을 주고 비효율적인 홍보를 하지? 누가 시키지는 않았지만, 돈 한 푼 안 들이고 오픈점 입장

줄을 500명 이상 세우겠다고 스스로 챌린지를 걸었다.

가장 먼저 오픈했던 곳은 제주도점이었다. 오픈 한 달 전에 제주도 홍보 소식 페이스북 페이지를 만들어 지역 정보를 올렸다. 그 다음에는 맛집이나 핫플레이스 관련 콘텐츠를 올렸는데, 공들여 제작하다 보니 기본적으로 좋아요 5천 개 이상, 잘 나온 것은 1만 개 이상을 기록했다.

그렇게 페이지를 키운 다음, 그곳에서 오픈점 홍보를 했다. 사실 있는 콘텐츠를 재포장한 것뿐이었지만, 파격적인 혜택, 선착순 이벤트 등의 키워드를 강조하니 도달 수가 100만 이상 나왔다.

홍보비를 한 푼도 쓰지 않은 것치고는 엄청난 효과였다. 그 결과, 오픈 며칠간 천 명이 넘는 사람이 줄을 서서 기다렸다. 이런 식으로 목포, 홍대, 신촌 등 전 지역 매장에 줄을 세워가며 브랜드 오픈 신기록을 계속 갈아치웠다.

"이 브랜드에 이렇게 줄을 선다고?"

"비교적 인지도가 낮은 브랜드 오픈 매장에 이렇게 많은 사람이 줄을 서서 기다린다고?"

기존에 없던 일이라 많은 내부 사람들이 놀랐다. 특히 홍대 오픈 때는 3일 내내 수천 명이 줄을 섰는데, 당시 브랜드 오픈 역대 최고 기록을 달성했다.

일련의 과정으로 날 인정해 주는 사람도 많았지만, 개인적으론 아쉬움도 컸다. 줄 서 있는 사람들에게 물어보고 통계를 냈을 때, 70% 이상이 페이스북을 보고 왔는데, 실무자들이 SNS를 잘 모르니 알아주는 이

가 많지 않았기 때문이다. 그 순
간, 일에 대한 흥미가 확 떨어
졌다.

명동, 첫 실전 무대

그러던 중 아이디어가 번쩍 떠올랐다. 내 주도로 기획할 수 있는데, 왜 타 팀 프로젝트에 쫓겨 다녀야 하지? 이미 오픈 프로젝트를 많이 해 두었고, 만들어 놓은 페이지만 수십 개가 있었기에 이를 놀리느니 차라 리 내 주도로 프로모션을 기획해 줄을 세우자는 생각이었다.

이름하여 'SPA 데이 프로젝트.' 당돌하게 상무님께 직접 기획안을 보 여드렸다. 홍보비 0원으로 매주 지역마다 100명씩 줄을 세우겠다니, 위 에서도 거절할 리 없었다. 패기 넘치는 사원의 제안에 상무님은 당연히 OK를 했고, 팀을 꾸려주셨다.

첫 목표 지점은 명동이었다. 프로모션 리스트를 받아 하나부터 열까 지 기획하고, 홍보에도 총력을 다했다. 과연 이게 먹힐까 걱정도 했지만 결과는 예상보다 더 많은 사람이 줄을 섰다. 예상치 못한 인파에 경찰까 지 출동할 정도였다.

마케팅비 0원으로 2천 명이 넘는 사람을 줄 세웠고, 매출 역시 오픈 매출 이상을 달성하며 또다시 정점을 찍었다. 당시 페이스북의 위력을 실감할 수 있는 순간이었다.

"0원의 비용으로 매주 고객들을 줄 세울 수 있다고?"

SNS의 파급력을 간과했던 브랜드 내부에선 그야말로 난리가 났다. 아무도 기대하지 않은 행사에 수많은 사람이 줄을 섰으니, 그럴 만도 했다.

그 프로젝트는 이후 내 이름으로, 내 주도하에 이뤄졌고 매주 지역을 바꿔가며 매출 기록을 세워나갔다. 이후 감사하게도 주임으로 특진하게 됐다. 내 이름을 건 프로젝트로 인정받는다는 데에 성취감을 느꼈지만, 여운은 길지 않았다.

첫 번째 퇴사를 결심하다

내가 시작한 일이지만 '온라인 마케팅 = 돈 안 드는 마케팅'이라는 인식이 생기기 시작했고, 예산은 0원 그대로인데 브랜드의 요청 사항은 많아졌다.

게다가 그쯤 되니 나는 내부에서 매주 블로그·페이스북 등 내 SNS 마케팅 노하우를 직원들에게 강의해 전수하는 수준에 이르렀다. 이거 그냥 학원 세우는 게 낫겠는데? 피식 웃음이 났다. 내가 이렇게 예산 없는 판촉 활동을 하려고 마케팅팀에 들어왔나? 물론 그 프로젝트를 하면서 브랜드 공식 SNS 마케팅, 오픈 마케팅, 광고 촬영 등 많은 마케팅 실무를 병행하긴 했지만, 내가 주도권을 갖고 할 수 있는 일은 돈 안 드는 할인 프로모션뿐이었다.

내가 배우고 싶었던 것은 모델 마케팅, 컬래버레이션 마케팅, MD 마케팅, 리테일 마케팅 등 다양한 영역이었다. 하지만 회사에서는 마케팅을 배운다기보다는 내가 힘들게 얻은 지식을 소비하는 느낌이 강하게 느껴졌다. 더 이상 여기서 배울 게 없겠구나. 그렇게 나는 처음으로 퇴사를 결심했다.

길이 없으면
만들어 낸다

CHALLENGE

이쯤에서
퇴사하시겠습니까?

▼

퇴사한다
참는다

    사실 이직을 준비하면서 어느 정도 마음이 떠난 상태였지만, 회사에 다닌 지 겨우 2년 차였고 이대로 끝내버리기에는 아쉬운 생각이 들었다. 내가 제대로 성과를 낸 건 세일 프로모션뿐이었고, 마케터로서 이루지 못한 미션들이 많았기 때문이다.

    게다가 이직을 한다는 건 새로운 게임을 레벨 1에서 시작하는 것과 같았다. 성장도 좋지만, 어떻게 다시 처음부터 증명하지? 그래서 결국 1년만 더 다니기로 마음먹었다.

하지만 내가 업무에 대한 주도권을 가져오기에는 쉽지 않은 상황이었다. 갈수록 많은 매장 오픈 및 홍보에 관여하게 되면서 업무에서 빠져나오기 어려워졌다. 내가 고등학교 때부터 탐구하며 키워왔던 지식이 그저 0원짜리 홍보 도구로 주마다 쓰인다니, 빨리 벗어나고 싶었다. 판을 뒤집을 챌린지가 필요한 순간이었다.

가격이 아닌 가치로 어필하라

홍보를 할 때마다 항상 안타까웠던 건, 가격 말고는 어필할 수 있는게 없다는 사실이었다. 저렴한 것 외에는 타 브랜드와 차별화될 만한 특별한 셀링 포인트가 없으니 가격 인하 메시지밖에 낼 수 없었고, 지속적인 세일 홍보는 브랜드 가치가 희석되는 결과로 이어졌다. 내가 엄청난 브랜딩 전문가가 되지는 못하더라도, 브랜드 가치가 이렇게 흐려지는건 참을 수 없었다.

내가 사고 싶지 않은 제품을 어떻게 매력적으로 판매하라는 거지? 고객들이 이 제품을 왜 사야 하지? 그때 문득 생각이 들었다. '내가 판매할 상품을 직접 만들자.' 정가에 판매해도 잘 팔릴 만한, SNS에서 홍보가 잘 될 만한 제품을 기획하고, 고객이 살 이유가 있는 제품을 만들어기획부터 홍보까지 다 하고 싶었다.

하지만 MD의 벽은 높았다. 우선 내 영역이 아니었기 때문에, MD들에게 상품을 제안해도 들어주는 사람은 없었을 뿐더러 나를 튀는 사람으로 바라보는 시선 때문인지 대부분 장난하냐는 반응 속에 기획안이 무시되곤 했다.

침낭 겸용 롱패딩, 벌레 기피 소재가 있는 바람막이, 향을 넣은 모기향 티셔츠, 층간 소음이 들리지 않는 룸 슈즈, 지금은 메인 브랜드에서도 판매할 정도인 '어깨 깡패 티셔츠' 같은 아이디어도 제안서로 냈지만, 번번이 돌아온 답은 이랬다.

"어떻게 구현할 건데?"

"돈은 얼마 드는데?"

"시키지 않은 일을 왜 하니?"

누군가는 비웃기도 했다. 아이디어 노트에 적어놓은 기획만 한 트럭이었지만, 구현된 건 하나도 없었다.

포켓몬 GO, 한 줄기 빛

그러던 어느 날, 미국에서 〈포켓몬 GO〉가 대히트했다는 페이스북 기사를 발견했다. 좋아요가 1만 개나 눌린 것을 보고 확신했다. 이거다! 아직 국내에 들어오려면 시간이 많이 남았겠다, 국내 최초로 컬래버레이션을 하면 잘될 것 같다는 확신이 생겼다.

그 자리에서 바로 본사를 검색해 담당자와 미팅을 잡았다. 첫 계약인지라 모르는 용어가 난무해 머리가 하얘지는 느낌이었지만, 능청스럽게 협상을 이어나갔다. 그렇게 일주일간 힘겹게 협상해 계약 조건을 들고 갔는데, 계약금이 너무 비싸다는 이유로 거절당했다.

하지만 꼭 계약을 성사시키고 싶었기에 해당 라이선스사와 한 달간의 긴 협상 끝에 계약을 체결할 수 있었다. 계약서에서 모르는 문구들은 인터넷 검색을 통해 조항을 하나하나 분석하며 수정했다. 이렇게 계약서를 직접 수정한 경험 덕분에 라이선스 계약서를 포함한 각종 계약서를 살펴보는 능력이 크게 향상됐다.

하지만 진짜 문제는 계약 후부터 발생했다. 그 당시에는 계약만 하면 제품이 짠 하고 나오는 줄 알았지만, 실제로는 상품 기획, 디자인, 생산, 마케팅 기획, 영업, 홍보 등 수많은 과정이 필요했다.

이 중 내가 해본 건 마케팅 기획과 홍보뿐이었고 각 영역에 대한 진행 권한도 없었다. 즉, 각 담당자들을 설득하지 않으면 어떤 일도 진행할 수 없는 상태였다. 그렇다고 담당자들이 나를 반가워했을까?

다들 이미 기존 업무만으로도 바쁜 상태였고, 내가 제안하는 프로젝트는 갑자기 요청받는 일이었던 데다가 내 직급은 주임에 불과했다. 거기에 나는 법인 본부 소속이지, 해당 브랜드의 직원도 아니었다.

1초만 생각해도 내 요청을 거절할 이유가 다섯 개는 떠오를 정도였다. 결국 어렵게 따온 계약은 기획 단계에서 문전박대당했다. 그때 입사할 때부터 나를 좋게 봐주셨던 CH 상무님이 떠올랐다. 상무님은 신입 때부터 내 사차원적인 특성을 재밌게 봐주시고, 잠재력을 인정해 주신 감사한 분이었다.

상무님은 항상 이렇게 말씀하셨다.

"가슴이 떨리는 삶을 살아라."

'네, 지금처럼 가슴 떨리는 순간이 없습니다, 상무님.'

나는 간절한 마음에 주임임에도 불구하고 "이러이러한 상황으로 포켓몬 프로젝트를 맡게 되었는데, 브랜드가 협조할 수 있게 도와주십시오."라는 메일을 보냈다.

결과는? 감사하게도 상무님이 승인해 주셨다.

포켓몬 프로젝트의 시작

마케터, MD, 디자이너, 생산팀이 구성되었지만 첫 미팅의 공기는 유독 싸늘했다. 분명 봄이었는데, 아직도 그 시간을 떠올리면 겨울처럼 느껴진다. 그때 신입이자 내 회사 인생에서 빼놓을 수 없는 동료 KS를 만났다. 디자인 팀장의 부사수로 왔는데, 처음엔 그저 웃기만 해서 로봇인 줄 알았다.

몇 달쯤 지나 KS의 목소리를 처음 들었을 때는 너무 놀랐다. 신기하단 생각이 들 정도로 그동안 목소리를 듣지 못했기 때문이다. 나중에 보니 단순히 말을 하는 수준이 아니라 거의 모터 달린 GPT 수준이었다.

열심히 브리핑을 했지만 반응이 좋지 않았다. 기대보다는 우려가 된다는 분위기였다.

"안 그래도 바쁜데 새로운 컬래버레이션을 하라고? 그것도 포켓몬을?"

하지만 내가 시작한 챌린지이니, 내가 끝맺어야 했다. 반드시 성공시켜야 했다. 주변에서 하도 안 될 거라는 말을 많이 하니 점차 나도 걱정이 커졌다.

걱정이 많으면 돌다리를 두드려보는 건 인지상정. 나의 돌다리는 설문 조사와 FGI*였다. 티셔츠 열 개 디자인을 만들기 위해 무려 50개의 시안을 그렸다. 메인 업무만으로도 바쁜데 테스트 상품까지 만들다 보니 한 디자인 팀장이 이렇게 말했다.

"망하면 네가 다 사 가라."

물론 시안 대부분은 포켓몬을 좋아했던 KS가 그렸다. 그렇게 만든 설문 조사용 시안을 바탕으로 5,000명의 고객에게 설문을 받았다. 결과는 놀라웠다. 내가 보기엔 비슷해 보이는 제품들이었는데 자수 위치, 컬러 하나에도 선호도가 천차만별이었다. 이후 1차로 선정된 제품을 가지고 포켓몬 팬들을 모아 집단 인터뷰를 했다.

니즈는 비슷했다.

"포켓몬의 포인트 컬러를 살려주세요."

---

* FGI(Focus Group Interview): 표적 집단 면접법. 타깃 소비자를 대상으로 하는 설문 조사를 뜻한다.

BEST SKILL

설문조사 스킬
불특정 다수를 대상으로
수십 개의 시안에 대한
설문을 진행하는 스킬 ▼

FGI 스킬
일부 덕후들을 초청해
2시간 동안 제품과
마케팅에 대한 인터뷰를
나누는 스킬 ▼

"어중간하게 컬래버인지도 모르게 하지 말고 포인트를 확 주세요."

하지만 나는 혼란스러웠다. 이거 설문 결과와는 너무 다른데? 그렇게 2시간의 집단 인터뷰가 끝나고, 마지막으로 설문 때와 똑같은 시안을 보여주며 물었다. 이 중에서 무엇을 사겠는가.

결과는 충격적이었다. 하나같이 화이트, 블랙, 네이비 같은 기본 컬러에 자수가 작게 들어간 디자인을 선택했다. 방금까지는 화려하게 만들어 달라더니 왜 이걸 골랐을까? 물어보니 다들 멋쩍게 웃으며 말했다.

"그래도 입고 다니려면 평범해 보여야죠."

'아, 포인트는 역시 일코(일반인 코스프레)였구나.' 그때 큰 깨달음을 얻고, 덕후의 입장에서 덕후가 입을 수 있을 만한 옷을 만드는 데 집중했다. 그렇게 여러 설문과 집단 인터뷰를 기반으로 열두 개의 디자인이 선정되었다.

예산 200만 원, 의지 200%

이제 만들기만 하면 되는 상황이었지만 실무자들의 반응은 여전히 뜨뜻미지근했다. 결국 포켓몬 프로젝트는 계속 지연됐다. 4월 출시 예정이던 옷은 5월에서 6월, 6월에서 7월로 밀렸다. 게다가 7월 말에 생산팀에 진행 상황을 확인하니 생산 시작조차 안 한 상태였다.

당황해서 알아보니 담당자와 서로 오해하던 부분이 있었다. 물론 이 오해를 풀기까지 쉽지 않은 과정이 있었지만 어쨌든 오해는 풀렸고 생산 일정은 밀려버렸다.

8월이면 FW 시즌이라 발주가 어렵다는 이유로 제작 수량은 1,000장에서 100장으로 1/10로 토막이 났다. 마케팅에서도 어려움이 있었다. 나에게 주어진 예산은 단 200만 원. 포켓몬 박스와 경품을 발주하니 예산은 바로 사라졌다.

내가 0원 홍보 전문가니까, 바이럴로 부딪쳐 보지, 뭐! 얼른 홍보를 위해 움직여야 했다. 바이럴을 위해 후배 KH, YC와 함께 직접 제품을 입고 휴대폰으로 촬영했다.

이때 2차 퇴사를 다짐했다. 출시 일주일 전, 다행히도 페이스북에서 좋아요 5천 개, 도달 100만 뷰를 기록하며 반응은 폭발적이었다. 하지만 그때 청천벽력 같은 소식이 전해졌다.

"세탁 테스트 열 번 했는데 패치가 떨어져서 전량 취소 지시가 내려왔습니다."

퇴근 후였고, 휴가 기간이라 아무도 없었지만 나는 바로 생산팀으로 달려가 부장 2명, 과장 3명, 주임 1명과 대책 회의(6대 1 회의)를 했다.

"사고 나면 박 주임님이 다 책임지실 건가요?"

"제가 책임지면 생산 가능한 거죠?"

결국 패치를 한 번 더 봉제하는 방식으로 변경하되 디자인 네 개는 취소되었고 제작 수량은 반 토막나 500장이 되었다. 출시 지점도 온라인 스토어와 명동점 두 곳으로 축소됐다.

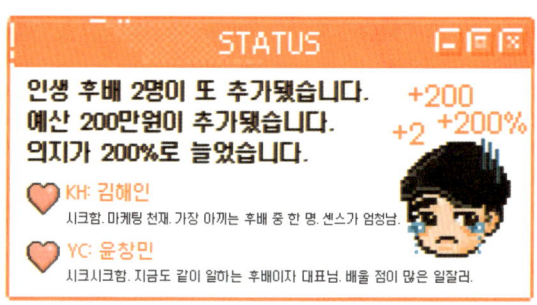

포켓몬과 승리

정말 눈물 나는 순간이었다. '내가 이거 끝나면 퇴사하고 만다.' 그렇게 3차 퇴사를 다짐했다. 하지만 악바리 심정으로 후배들과 후반 홍보에 집중했다. 그 결과 반응은 폭발적이었다.

명동점에는 500명 넘게 줄을 섰고, 온라인 스토어는 서버가 다운되며 전량 품절됐기 때문이다. 이거지! 그제야 내부에서 관심이 쏟아졌다.

"이걸 500장 발주하자고 한 사람이 누구냐?"

"왜 이렇게 적게 발주해서 결품을 냈냐?"

다들 실패를 예상했기 때문에 누가 공을 얹을 수도 없는 상황이었다.

"박휘웅＝포켓몬." 나는 그렇게 브랜드의 얼굴이자 성덕으로 불렸다.

직장인 익명 앱에서는 일명 포주임(포켓몬 주임), 성덕이라 불리며 화제의 인물이 되었다.

성공의 기쁨도 잠시, "FW도 준비해 달라"는 말에 퇴사는 잠시 미뤘다. 이번 1차 프로젝트는 내가 예상한 기대치의 반의반밖에 못 해냈지만, FW 상품인 2차 프로젝트에선 제대로 터뜨려 보고 싶었다.

그래서 1차 때는 하지 못했던 마케팅도 기획하고, 매장도 확장하고, 스타일 수도 늘리고, 제작 수량도 10만 장까지 확대했다. 홍보도 마케팅과 상품 기획이 원안대로 가다 보니 1차와는 차원이 다르게 잘됐다. 광고 한 번 안 돌린 바이럴 컷이 도달만 수백만 뷰를 기록했다.

그래도 퇴사 의지는 굳건했다. 출시 당일 3주 스페인행 비행기 티켓을 끊고 출시 전날까지 열심히 준비한 뒤, 출시 당일 그대로 스페인으로 떠났다.

현장에는 없었지만 온라인 서버가 다운되고, 스무 개 매장마다 수백 명이 줄을 서며 폭발적인 반응을 얻었다. 나는 여행 중 하늘을 바라보며 이렇게 중얼거렸다.

"이번 챌린지도 내가 승리했다."

"지긋지긋한 회사야, 안녕."

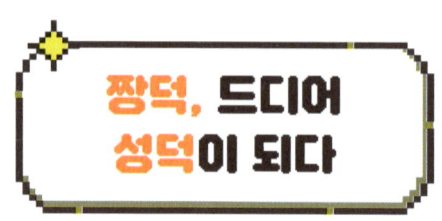

짱덕, 드디어 성덕이 되다

스페인에서 돌아온 덕후

그렇다. 내 마음은 이미 스페인에서 떠나버렸다. 돌아가자마자 사표를 던지는 게 목표였는데, 회사는 그사이 역시 큰 그림을 그리고 있었다.

포켓몬 컬래버레이션의 성공은 회사 내·외부에서 꽤 큰 반향이 있었고, 이걸 주임과 어린 직원들이 해냈다는 점에서 흥미롭게 보고 있었기 때문에 나를 쉽게 내보낼 리 없었다.

복귀하자 이미 내 소속은 본부에서 SPA 브랜드로 바뀌어 있었고, 브랜드장도 교체되어 있었다. 그분이 바로 향후 패션 법인장이 되는 CW 법인장님이다. 그렇지만 내가 회사에 복귀하자마자 한 것은 퇴사 상담이었다.

"하고 싶은 거 다 해봐. 지원해 줄게."

내 퇴사 얘기는 들어주지도 않고 하고 싶은 거 다 해보라고 하는 브랜드장님. 사실 나는 좀 스파이시하거나 4차원인 사람들에게 끌린다. 이걸 카리스마라고 느꼈는지는 모르겠지만, 내 위주로 팀을 짜주겠다고 한 것도 감동 포인트였고, 퇴사는 말도 못 꺼내게 하는 것도 카리스마 있었고, 모든 부분이 마음에 들었다.

"음, 이분은 믿고 따라가도 재밌겠어."

새로운 셀의 탄생

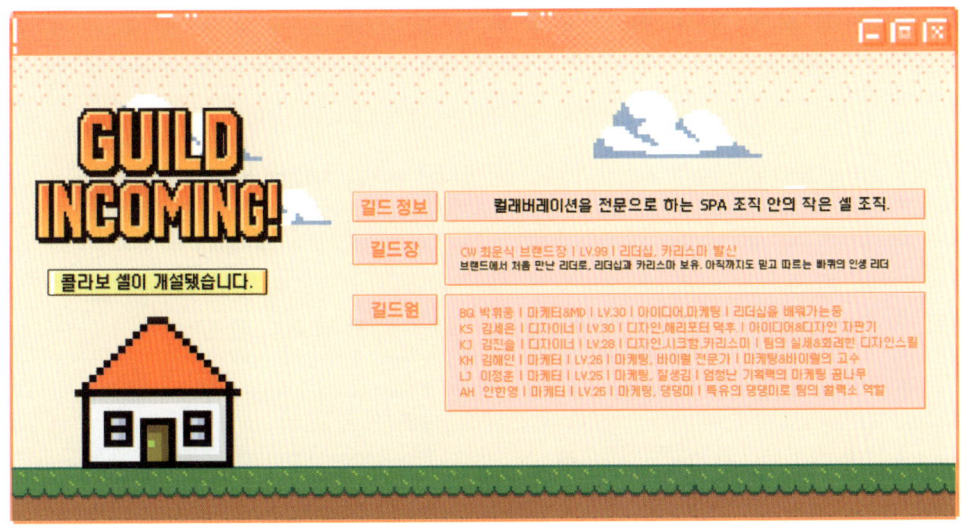

결국 셀 조직 체제로 바뀌었고 내가 속한 셀은 '컬래버 셀'이란 이름으로 내가 좋아하는 FG 디자이너 KS와 KJ, 마케터인 나와 KH, LJ, AH 그리고 MD와 생산으로 구성됐다. 내가 팀장이 되면서 기존과는 달리

MD까지 총괄할 수 있는 권한을 부여받았다.

몇 주 전까지만 해도 싫은 사람들투성이었는데, 바뀐 팀도 좋고, 브랜드장님도 좋아서 1년만 더 다녀봐야겠다는 생각이 들었다.

다음 히트 상품은 뭘로 하지? 바로 시작된 또 다른 챌린지에 설레면서도 큰 부담감이 느껴졌다.

짱구 컬래버레이션의 시작

고민하던 중 내 머릿속을 스친 아이디어가 있었으니, 그게 바로 짱구 컬래버레이션이었다.

'그래, 내가 명색이 짱구 덕후인데, 짱구까지는 하고 나가야지.'

나는 앞에서도 이야기했지만 어렸을 때부터 자기 전에 짱구를 켜놓고 ASMR처럼 듣고 자는 습관이 있었다. 그러면 힐링이 되며 편안히 잠들 수 있었는데, 놀라운 건 나와 비슷한 어른이들이 많다는 점이었다. 현생에 지친 어른이들에게 각종 짱구 짤들이 인기를 끌면서 추억의 애니메이션으로 다시 주목받고 있던 시기였다.

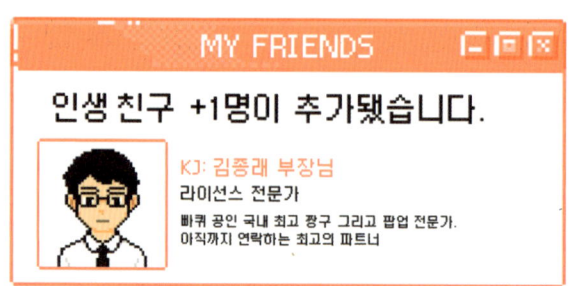

바로 에이전시에 연락을 했고 내 인생에서 빼놓을 수 없는 귀인인 JR 부장님과 첫 만남을 하게 됐다. 나와 성격이 비슷한 부분이 있어서 항상 대화가 잘 통했고 이후 짱구 잠옷은 물론 여러 프로젝트를 함께하며, 내부 직원들보다 친하게 지낸 부장님이다. 그렇게 기분 좋은 첫 만남을 시작으로 양사 모두 파이팅 넘치는 분위기에서 계약이 성사되었다.

물음표로 가득했던 현장

처음 짱구를 한다고 했을 때 반응은? 우리 팀을 빼고는 다들 물음표였다. 당장 샘플실만 가봐도 옷 100개 중 98개가 물음표였는데, 왜 이렇게 우리 제품에만 까다로운지 억울하기도 했지만 이번에도 결과로 보여주겠단 마음을 가지며 스스로 기대감을 키웠다.

팀원들과 머리를 맞대고 시안을 수십 개나 그려냈고, 설문 조사와 FGI를 똑같이 진행하면서 그중 응답이 가장 높게 나온 시안을 선택했다.

콘셉트는 'BACK TO 1992', 즉 동심으로 돌아가자는 레트로 콘셉트였다. 레트로에 맞게 픽셀 짱구 티셔츠를 중심으로 평소에도 부담스럽지 않게 입을 수 있게 기획했다.

'덕후 마음은 덕후가 안다. 내가 가장 좋아하는 캐릭터를 대중적으로 풀었으니 당연히 잘 먹히겠지?'

사전 홍보 반응도 괜찮았기에 큰 기대를 걸었다. 하지만 큰 반향은 없었다. 물론 브랜드 전체 판매 순위를 싹쓸이하고, 상반기 매출 TOP 5

중 우리 제품이 상위권 세 개를 차지했지만, 내부에서는 "이럴 줄 알았다", "망했다"라는 반응 일색이었다. 기대치가 서버 다운, 순식간의 완판 등으로 한껏 올라갔으니 실망할 수밖에 없었다.

브랜드장님은 충분히 잘했다며, "다음에는 더 잘해 보자."라며 응원해 주셨지만 나는 부끄러웠다. 잘됐다고 하기에는 나 역시 이전의 성공에 비해 성과가 미약해 아쉬움이 컸기 때문이다.

'시장은 정말 어렵구나.'

그제야 깨달았다. 고객의 지갑을 여는 일은 정말 어려웠고, 100% 성공 공식도 없었다. 이전에 성공했던 공식을 좀 더 규모 있게 적용했지만, 결과는 천차만별이었다.

며칠 동안 분노에 차 고민했다. 뭐가 문제였을까? 명색이 짱구 덕후인 내가 짱구 컬래버레이션을 이렇게 흘려보낼 수는 없었다. 짱구로 한 획을 긋고 말겠다는 의지가 강하게 생겼다. 그제야 객관적으로 피드백을 할 수 있었다. 아, 맞다…. 내가 고객을 잘 모르지?

생각해 보니 성공했던 포켓몬 컬래버레이션 공식을 따라 너무 티셔츠 위주로 설문 조사를 진행했던 것이 문제였다. 그래서 좀 더 객관적인 시선으로, 일반 고객의 의견을 들어봤다.

"짱구를 좋아하기는 하지만, 포켓몬처럼 대놓고 입고 다니기는 민망하다."

"짱구는 아동 애니메이션이라 아동복 같아 보인다."

이런 반응이 대다수였다. 마블, 디즈니, 포켓몬 같은 캐릭터들은 그래도 작은 자수까지는 입는 게 부끄럽지 않은데, 그때까지만 해도 짱구는 아동 애니메이션, 추억의 애니메이션이라는 인식이 강했다.

막상 나조차도 짱구 자수 티셔츠를 입으라고 하면 부담스럽긴 매한 가지였으니 말 다했다. 그제서야 나도 덕후면서, 덕후의 마음을 이해하지 못했음을 깨달았다.

잠옷이라는 돌파구

자책도 잠시 아이디어가 바로 떠올랐다. 밖에서 입기 부담스럽다면 안에서 입으면 되는 거 아닌가? 그렇다면 답은 잠옷이다! 당시 보세 브랜드에서 잠옷의 인기가 오르고 있었고, 잠옷이라면 덕후도 부끄럽지 않을 수 있다고 판단했다.

그럼 짱구가 만화 속에서 입고 있는 걸 그대로 만들어 보면 어떨까? 짱구가 만화 속에서 입었던 잠옷을 '만찢(만화를 찢고 나온)' 콘셉트로 구현했는데, 나조차도 너무 입고 싶을 만큼 매력적인 기획이었다.

만족스러운 아이템이라 생각해 자랑스럽게 내부에 제안했지만, 돌아오는 건 회의적인 반응뿐이었다. 2017년 당시 잠옷은 의류의 서브 아이템에도 속하지 않았고, 속옷류의 일종으로 받아들여지는 시기였다. 브랜드에는 잠옷 카테고리 자체가 없었고, 당연히 이를 담당할 MD나 디자이너도 없는 상황이었다.

여러 MD와 디자이너에게 제안해 봤지만 마찬가지로 모두 거절당했다. 그렇다면 내가 기획이랑 디자인을 하면 되지. 바로 디자이너와 함께

동대문 시장에 가서 패턴 참고용 샘플을 여러 개 사 왔고, 패턴을 기획한 뒤 디자인과 소재 원단까지 수배했다.

그렇게 짱구 반소매 잠옷을 힘들게 기획 단계까지 올렸지만, 역시 MD실에서는 회의적인 반응이었다. 나는 무조건 잘 될 거라는 자신감에 1만 장을 기획했지만, 1만 장의 수량은 4개월이 지나며 5천 장, 3천 장, 1천 장으로 줄어들더니 7월 시즌 오프까지 밀리고, 결국 그놈의 '500장'으로 줄어들고 말았다.

몇 개월간 주변에서 하도 안 된다는 얘기를 많이 들은 데다 시간이 너무 흐른 상황이라 나도 자신감이 많이 떨어져 있었다. 더 밀어붙이기도 지치고, 그냥 출시만 돼도 감사한 마음이 들 정도였다. 수량이 500장밖에 되지 않으니 마케팅을 할 생각조차 하지 못하고, 다른 광고 촬영 중 바닥에 두고 휴대폰으로 딱 한 컷 찍었다.

영업팀에서도 굳이 팔고 싶지 않다고 하길래, 당시 온라인 팀장님에게 가서 "온라인 한정판으로 판매하자"고 제안했다. 한정판으로 나온 데에도 나름의 사연이 있었다. 500장으로 줄어든 것에 항의하던 도중 MD와 작은 말다툼이 있었기 때문이다.

"이거 잘 판매되면 리오더 안 해요?"

"네, 리오더 절대 안 해요."

"그럼 한정판으로 판매합니다?"

"그러시든가요."

대략 이런 사연이었다. 그렇게 아무도 제품 출시를 하지 않는다는 월요일 오후 4시, 온라인 몰에만 조용히 오픈하고 홍보용으로는 공식 SNS 에 찍어두었던 사진 한 장을 올렸다.

SNS 대폭발, 신드롬의 시작

아직도 그 순간이 생생히 기억난다. 다른 업체와 업무 미팅을 하고 있었는데 갑자기 전화기에 불이 나기 시작했다. 이게 무슨 일이지? 놀라 알아보니 짱구 잠옷 반응이 난리가 난 것이었다.

공식 채널에 무심하게 올린 게시물은 어느덧 좋아요 1만 개를 향해 달려가고 있었다. 그 당시 공식 채널 게시물 좋아요 수는 아이돌 모델 사진이 아니면 100개도 넘기기 어려웠으니, 이는 상상할 수도 없는 숫자였다.

게다가 한 페이스북 페이지에서 퍼 간 콘텐츠에는 좋아요 6만 개, 댓글 5만 개가 달리면서 엄청난 반응을 끌어냈다. 동시에 짱구 잠옷이 네이버 실시간 검색어 순위에 오르면서 브랜드 공식 홈페이지는 계속해서 서버가 다운됐다.

당시 온갖 뉴스가 쏟아지며 계열사 주가까지 올라갔고, 짱구 잠옷 단일 아이템의 인기는 기존과는 비교할 수 없는 신드롬급이었다. 리오더를 안 한다던 MD는 "왜 500장만 했냐"며 따끔하게 혼이 났고, 가을 버전, 겨울 버전까지 신상 기획이 줄줄이 이어졌다.

짱구 잠옷은 1만 장, 5만 장, 10만 장 할 것 없이 매장에 입고되는 족족 깔기도 바쁘게 품절됐다. 연예인들도 입기 시작하면서 각종 SNS는 물론 방송에서도 짱구 잠옷이 등장했고 그해《트렌드 코리아》책에도 히트 아이템으로 소개됐다.

여기서 다시 깨달은 점이 있었다. 바로 마케팅의 핵심은 첫째도 둘째도 상품이란 것이다. 그동안 온라인 마케팅 전문가랍시고 본질을 잠시 잊고 있었다. 제품을 출시할 때마다 마케팅 홍보 믹스를 짜서 빼곡하게 홍보에 힘썼는데, 고객 니즈에 맞는 상품이니 핸드폰으로 찍은 사진 한 장만으로도 순식간에 반응이 퍼져나간 것이다.

또 한 번의 큰 성공으로 깨달음을 얻었고, 짱구 덕후는 강하다는 것을 세상에 보여줬다. 마침내 성덕의 길에 올라선 것이다.

"애니 덕후? 다 똑같은 거 아니야?"
"응, 아니야."

짱구 잠옷의 성공 이후

짱구 잠옷은 그 이후로도 계속 잘 판매되었다. 원장 선생님 버전, 고타쓰 버전, 흰둥이 버전 등 다양한 업그레이드 버전이 나왔고, 대부분 매장에 걸리자마자 팔려나갔다. 브랜드 판매량 1~5위를 짱구 잠옷이 싹쓸이한 적도 있었으니 말이다.

하지만 회사 생활이라는 게 꼭 게임 같지는 않았다. 게임은 레벨이 오르고, 경험치가 누적되고, 우승하면 언제든 누구나 확인할 수 있었지만, 현실은 달랐다.

한 프로젝트, 한 프로젝트마다 온 열정을 쏟고 피나는 노력을 했지만, 그 성과들은 마치 페이스북 타임 라인 같았다. 성과가 나온 지 조금만 지나면 타임 라인처럼 흘러가 버렸고, 일 잘하는 박휘웅이 잊히지 않게 나를 증명할 또 다른 무언가를 찾아야 했다. 문제는 내가 포켓몬, 짱구 외에는 그다지 좋아하는 애니메이션이 많지 않았다는 사실이었다.

"애니(애니메이션) 덕후? 다 똑같은 거 아니야?"

"그냥 옷에 캐릭터 넣으면 팔리지 않아?"

"뭘 그렇게 고민해? 다른 애니 하면 되잖아."

대부분은 내가 애니메이션 덕후라 일을 편하게 할 거라고 생각했지만, 사실 엄연히 말하면 나는 애니메이션 덕후가 아니었다. 아이돌 시장에 빗대어 설명하자면 이런 거다. EXO 팬이 동시에 BTS 팬이 되기 어렵고, 블랙핑크 팬이 동시에 트와이스 팬이 되기 어려운 느낌이랄까. 아이돌 시장만큼이나 애니메이션 시장도 팬덤이 다양한 시장이다.

차이점이라면 아이돌 시장에 비해 애니메이션은 작품 수가 훨씬 많고 시장이 훨씬 세분화되어 있다는 점이다. 소년 만화, 일상 만화, 마법 소녀물 등 장르별·작품별로 세분화되어 있고, 아이돌 시장은 1세대, 2세대, 3세대, 4세대처럼 10년 단위로 세대 구분이 가능하지만, 애니메이션은 길어야 3년, 장르에 따라서는 1년도 안 돼 세대가 갈린다.

예를 들어 마법 소녀 애니메이션은 〈세일러 문〉 → 〈카드캡터 체리〉 → 〈달빛천사〉 → 〈캐릭캐릭 체인지〉 → 〈슈가슈가룬〉으로 계보를 잇지만 이 작품들의 연도 차이는 길어야 2~3년 정도다.

게다가 취향에 따라 안 본 사람이 많아, 이 작품이 얼마만큼의 팬덤을 가진 작품인가를 구분하는 것도 상당히 어렵다. 또한 작품을 선택한다고 해도 신경 쓸 부분이 많다. 오래된 작품일수록 작품 내에서도 좋아하는 캐릭터, 세대, 기수에 따라 팬이 갈린다.

예를 들어 〈짱구는 못말려〉만 해도 짱구파, 맹구파로 나뉘고, 〈명탐정 코난〉 같은 캐릭터 중심 작품은 코난, 남도일, 괴도 키드, 안기준 등 다양한 캐릭터별로 팬덤이 나뉜다. 러브 라인 또한 팬덤 내에서 분열을 일으키는 요소였다. 코난×미란이, 코난×홍장미 등 자신이 지지하는 러브 라인에 따라 팬덤 내에서 싸움이 일어나기도 했다.

즉, 타깃 시장이 작으면서도 세분화돼 있고, 신경 써야 할 것이 많은 예민한 시장이었다. 아이돌 시장처럼 굿즈가 적거나 충성도가 극단적으로 강한 것도 아니라, 제품을 낸다고 해서 무조건 팔리는 것도 아니었다. 기존 팬들이 보지 못하거나 사지 못했던 제품을 새롭게 보여줘야 하는 미션도 있었다. 이게 많은 브랜드들이 컬래버레이션에 도전하지만 번번이 실패하는 이유였다.

"애니 좋아해?"

"응."

"그럼 너 덕후."

대부분의 브랜드는 애니메이션 시장을 덕후라는 단어로 간단히 묶고, 상품에 캐릭터만 입히면 잘 팔릴 거란 생각으로 제품을 출시한다. 하지만 이런 접근은 고객들에게 쉽게 먹히지 않는다. 나 역시 이 부분에서 고민이 많았다.

덕후가 아닌 덕잘알의 시선

그나마 다행인 점은 당시 내 나이가 20대 후반이었다는 것이다. 내 또래는 TV를 보며 자란 세대이고, 〈드래곤볼〉, 〈세일러 문〉 등 전 세대의 사랑을 받은 국민 애니메이션들이 많았다. 다만 나는 짱구 덕후이지, 다른 작품 덕후는 아니었기에 컬래버레이션을 진행하기 위해 특히 고객 조사에 큰 노력을 기울였다.

하나의 프로젝트를 할 때 내가 진행한 고객 조사는 다음과 같다.

> 100개 이상의 IP를 후보로 두고 고객 선호도 조사를 진행한다.
>
> 네이버 검색량, SNS 검색량 등 빅데이터를 분석해 시장 규모 및 타깃을 조사한다.
>
> 적절한 IP가 선정되면 그 작품을 처음부터 끝까지 감상한다.
>
> 해당 IP로 지금까지 출시된 제품들을 전수 조사한다.
>
> 해당 IP 팬들을 대상으로 FGI(표적 집단 면접법)를 진행해 제작 시 유의할 점, 찐팬들이 좋아할 요소를 취합한다.
>
> 팀원들과 아이디어를 공유해 50개 이상의 디자인 시안을 만든 뒤, 디자인 설문 조사를 진행한다.
>
> 설문 조사에서 상위권에 오른 디자인을 추려 제작한다.

"왜 이렇게 사전 고객 조사에 공을 들이냐?"라는 질문에는 이렇게 답할 수 있다.

"그저 잘 몰랐기 때문이다. 그리고 실패가 두려웠기 때문이다."

또한 마케터이자 MD로서 '사야 할 이유가 없는 제품'을 만든다는 건 자존심이 상하는 일이었다. 여기서 나의 강점은 내가 덕후였다는 점이다. 덕후이기에 덕후의 감성을 쉽게 이해할 수 있었다.

"아, 이 포인트를 팬들이 좋아하는구나."

"이걸 이렇게 만들면 대박 나겠는데?"

"이 정도면 구매할 가치가 있겠는데?"

무엇이든 열광적으로 좋아해 보고 돈을 써본 사람은 감으로 안다. 어떤 포인트에서 고객이 열광할지를. 같은 시기에 여러 브랜드들이 컬래버레이션이 돈이 된다는 걸 알고 다양한 시도를 했지만, 대다수는 쉽게 접근하다 실패를 맛봤다.

하지만 내가 맡은 브랜드의 컬래버레이션이 성공할 수 있었던 이유는 단순히 '애니 덕후'라서가 아니라 실제 덕후 감성을 이해하려 한 '덕잘알'이었기 때문이다.

내가 진행한 컬래버레이션의 성공 키워드를 한 단어로 표현하자면 '애니 덕후'보다는 '덕잘알'이 더 잘 어울릴 것 같다. 무슨 얘기만 하면 덕후, 덕후, 덕후로 귀결되니 과정의 노력이 다 무시당하는 것 같아 기분이 좋지만은 않을 때가 있었지만, 덕후가 덕잘알이고, 시장에서 엄청난 강점을 가졌다는 것은 자명한 일이다.

LV. 4

덕업일치란 무엇인가?

납작했던 내 일상,
덕질이 풍성하게
만들어 주리라.

체력	600	
맷집	600	
지능	600	
기품	400	
매력	700	
도덕심	800	
업보	400	
감수성	920	

덕후평가	
마케팅평가	
MD평가	
리더십평가	

Lv.30
박휘웅 / 빠퀴

직장인

덕력	700	
관종력	700	
독기	800	
항마력	700	

예의범절		
예술		
화술		
요리		-50
청소세탁		-30
성품		

브랜드가 컬래버레이션 맛집이 되기까지

또 한 번의 대박을 향해

"휘웅 대리, 다음 대박 템은 뭐야?"

다들 내가 애니 덕후라 다음 것도 쉽게 해낼 것이라고 믿었다. 게다가 앞서 설명한 것처럼 애니메이션 시장의 특성을 잘 알기 때문에 다음 프로젝트가 늘 두려웠다. 더더욱이 짱구 잠옷 같은 메가 히트 아이템을 또 한 번 만드는 건 불가능에 가까운 일처럼 느껴졌다.

"짱구 잠옷을 이길 다음 아이템은 뭘까?" 누가 압박을 준 것은 아니었지만, 늘 가슴 한구석에는 작년의 나를 이겨야 한다는 압박감이 있었다. 다시 이 회사 생활이라는 게임을 내가 즐길 수 있게, 내 주도로 끌고 가기 위해서는 한 번 더 판을 뒤집어야만 했다. 그래서 마케터로 성장하기 위해, 마케터의 역량을 보여줄 수 있는 다양한 컬래버레이션을 진행했다. 의류 업계와 아이스크림 업계의 첫 컬래버레이션인 빙그레 컬래 버레이션을 시작으로, 연예인 캐릭터와의 컬래버레이션인 BT21, 서울 우유 컬래버레이션이 대표적인 사례다.

특히 김혜자 선생님과의 컬래버레이션이 기억에 남는다. 당시는 사람들이 가격 대비 퀄리티가 좋으면 "혜자스럽다"라는 유행어를 한창 쓸 때였다.

"SPA의 본질은 가격 대비 퀄리티가 아니었나?"

생각해 보면 우리 브랜드 제품들도 이미 가격 대비 퀄리티가 좋은 제품들이 많았다. 그 당시 가격으로 쳐도 저렴한 29,900원 발수 스니커즈, 39,900원 경량 패딩, 99,900원 정장 상·하의 등 가성비 좋은 제품은 상시 있었다.

'혜자스럽다'는 말로만 하지 말고, 정말 김혜자 선생님과 협업을 해 보면 어떨까 하는 아이디어로 프로젝트를 시작했고, 김혜자 선생님과의 컬래버레이션 역시 SPA 브랜드의 가성비를 효과적으로 드러낸 컬래버 레이션 사례가 되었다.

세대를 끌어오는 애니메이션 협업

매번 신선한 컬래버레이션은 브랜드를 트렌디하고 영한 느낌으로 만들어 줬다. 물론 매출을 위해 애니메이션 컬래버레이션도 많이 진행했다. 브랜드 고객층 관점에서 10대, 20대, 30대 각각을 브랜드 팬으로 유입시키기 위해 〈달의 요정 세일러 문〉, 〈드래곤볼〉, 〈카드캡터 체리〉 등

각 세대에 맞는 컬래버레이션을 쉬지 않고 출시했다. 1년에 많아야 두세 개에 불과했던 협업 프로젝트를 네다섯 배로 늘려 진행한 것이다.

프로젝트를 진행할 때마다 고객 조사를 공들여 하고 제품 구현에도 힘쓴 결과, 모든 컬래버레이션이 성공적이었다. 출시하는 즉시 해외 보따리상이며 리셀러들이 와서 마네킹에 있는 것까지 벗겨 갈 정도였고, 트래픽이 몰려 온라인 몰 서버 다운은 기본이었기 때문이다.

IP마다 각각 다른 고객층을 끌고 와서 스파오의 제품을 구매하는 경험을 창출했기 때문에, 몇 년간 브랜드 인지도도 급격히 올라갔다. 그중 가장 흥미로웠던 것은 〈핀과 제이크의 어드벤처 타임〉, 〈위 베어 베어스〉 컬래버레이션이었다. 10대 고객 설문 조사를 통해 처음 알게 된 애니메이션이었는데, 한 번도 본 적 없는 데다가 보자마자 '이걸 왜 좋아하지?'라는 의문이 들었다.

내가 어렸을 적 봐왔던 익숙한 일본 애니메이션의 감성도 아니었고 그림체나 유머가 미국 코드라 왜 인기가 높은지 이해가 되질 않았다. 또한 최신 애니메이션이라 국내 컬래버레이션 사례는 물론, 해외 사례도 많지 않아 더더욱 어려웠다.

하지만 설문 조사 결과, 당시 10대에게 밈으로 열광적인 인기를 얻고 있던 라이선스였기 때문에 데이터를 믿고 진행하기로 결정했다. 전 편을 다 감상하니 나도 어느새 팬이 되어 있었다.

아, 이 캐릭터를 이래서 좋아하는구나? 옷에 이런 명대사를 레터링으로 넣으면 좋아하겠구나? 점차 어떻게 제품을 만들어야 할지 보이기 시작했다.

고객 조사로 새로운 니즈를 발견하는 건 늘 즐거운 일이었다. 이번엔 한 걸음 나아가 고객 경험 마케팅도 진행하고 싶어서 "What time is it? It's adventure time!!"이라는 슬로건을 중심으로 〈핀과 제이크의 어드벤처 타임〉 속 세계관을 실제로 만나볼 수 있게 했다.

강남점은 얼음 왕국, 홍대점은 버블검 왕국 등 주요 5대 매장에 포토존을 설치하며 세계관을 만들었다. 여기에 연계하여 여행 여권을 사은품으로 제작, 전 매장에서 여권 스탬프를 받으면 사은품을 주는 형태의 이벤트도 진행했다.

고객의 니즈를 적중하는 상품 및 마케팅으로 준비한 물량이 5일 만에 거의 완판되었고, 역시나 서버가 다운되었다. 고객 조사의 중요성, 덕잘알의 중요성을 한 번 더 깨달은 시간이었다. 그 후에 나온 〈위 베어 베어스〉도 전혀 모르는 작품이었지만 전 편을 다 감상하고 기획·마케팅을 진행하여 순조롭게 제품 완판 행렬을 이어갔다.

다달이 나오는 프로젝트가 모두 성공하면서 브랜드는 1년 새에 컬래버 맛집이 되었다. 패션계에서 대리로서는 받을 수 없는 스포트라이트를 받기도 했고, 하는 것마다 큰 관심을 끌어 이투데이, 조선경제 등 신문에 단독 인터뷰가 실리기도 했다.

시장이 작기는 하지만, 니즈를 적중하기만 하면 진심으로 열광하는 충성 고객이 있다는 것! 얼마나 매력적인 시장인가? 이게 아직도 나를 컬래버레이션 시장에서 일하게 하는 원동력인 것 같다.

빠퀴 님이(가)
[덕잘알] 스킬을 습득했습니다. ▼

덕후의 마음은 덕후가 가장 잘 안다. 어느 순간부터 내가 '덕잘알'임을 자랑스럽게 여기기 시작했다. 이게 바로 덕업일치 아닐까?

덕업일치! 컬래버레이션 길드원을 소개합니다

덕잘알 '길드' 창립

수많은 컬래버레이션 프로젝트가 성공한 데에는 동료들의 역할이 매우 컸다. 사실 짱구 잠옷의 성공 이전까지만 해도 컬래버레이션 업무는 사내에서 관심을 끌지 못했다. 그러다 보니 나만 이 일에 매달리는 것 같았지만 거기에 큰 불만은 없었다.

하지만 게임에도 길드가 있지 않나? 레이드나 미션을 할 때도 길드원, 즉 동료의 중요성은 말해봐야 입 아프다. 그동안 동료라는 중요한 부분을 간과하고 있었던 것이다.

포켓몬 컬래버레이션 때부터 함께했던 동갑내기 디자이너 KS, 그 직속 후배 KJ, 내 직속 후배 KH, LJ, AH 등 잘 맞는 팀원들과 대학교 동아리 같은 느낌으로 매일 같이 아이디어를 주고받으며 재미있게 일했다.

'수평적인 관계에서 서로의 의견은 전적으로 존중하자'라는 원칙을 세우고 대화를 나누니 수많은 아이디어가 탄생했다. 이 원칙을 정한 이유는 그동안 "엉뚱하다", "그게 되겠냐?" 같은 이야기를 들었던 과거의 경험 때문이었다.

그중 아직까지도 생생히 기억나는 사건이 있다. 예나 지금이나 군것질을 너무 좋아했던 나는 당시에 솜사탕에 푹 빠져 있었다. 솜사탕을 덕질한 것인데, 한번 파면 끝까지 파고들어야 하는 성격 때문인지, 솜사탕 기계를 사서 집에서 직접 솜사탕을 해 먹는 수준에 이르렀다.

먹고 싶을 때마다 솜사탕을 해 먹다 보니, 문득 이런 생각이 들었다. '딸기맛 너무 질리는데….' '솜사탕 기계에 다른 맛 사탕을 넣으면 그 맛이 나오지 않을까?'

즐겨 먹던 청포도맛 사탕, 알사탕, 스카치 사탕맛 솜사탕도 만들어 먹고 싶은 생각이 든 것이다. 그래서 집에서 사탕을 잘게 갈아 설탕처럼 만들었고, 그걸로 청포도맛 솜사탕, 알사탕맛 솜사탕, 스카치 사탕맛 솜

사탕을 만들어 먹었다.

그때 떠오른 아이디어가 이렇다.

"배스킨라빈스처럼 여러 가지 맛을 먹을 수 있게 고르는 솜사탕 체인점을 만들어 보자." "아이들도 먹을 수 있게 자일리톨 설탕을 넣어서 이가 썩지 않는 솜사탕도 만들어 보자." "어르신들이 좋아할 만한 홍삼 솜사탕도 만들어 보자."

하루는 창업 수업에서 솜사탕 체인점을 사업 아이템으로 발표를 했다. 결론은 교수님에게서 "그런 식으로 아이디어를 내면 넌 절대 성공 못할 것이다."라는 공개적인 악평을 듣고, 수업에서 엄청난 웃음거리로 전락했다. 나름 좋다고 생각한 아이디어였는데, 50명이 있는 강의실에서 비웃음을 당한 건 슬픈 일이었다.

지금 생각하면 내 세상에 갇혀서 '남이 좋아하는 것'에 대한 고려가 없어 당연한 반응이라고 생각하지만, 교수님이 "시장성 있게 버전 업 해보는 건 어떨까?"라고 아이디어를 발전시키거나 수정할 피드백을 줬다면 어땠을까라는 생각을 종종 한다.

이런 여러 흑역사를 거친 후에는 남에게 내 아이디어, 목표 같은 것을 절대 공유하지 않았지만, 컬래버레이션팀에서는 달랐다.

우리가 덕질한 건 '일'이었다

아이디어 회의도 각을 잡고 하기보다는 일하다가 좋은 아이디어가 떠오르면 "이거 해볼까?" 툭 던지는 식이었다. 그렇게 하나씩 자신의 의

견을 말하고 대화하면서 아이
디어는 구체화되고, 어느샌가
제품 기획이 완료되었다.

비 맞으면 포켓몬 패턴이
드러나는 포켓몬 우산, 날마
다 배지를 갈아 끼울 수 있
는 배지 티셔츠, 밤에만 보이
는 드래곤볼 야광 티셔츠, 의
류에는 잘 쓰지 않는 홀로그

램 소재를 쓴 세일러 문 문크리스탈 파워 티셔츠, 드래곤볼 도복을 그대
로 구현한 드래곤볼 도복 잠옷 등 타 브랜드에서는 볼 수 없었던 상품들
을 신나게 제작했다. 농담하듯이 신나게 아이디어를 내는 우리의 모습
을 보고 사람들은 말했다.

"저게 바로 덕업일치다."

하지만 해당 IP 덕후라서 그렇게 일한 건 아니었다. 니즈에 맞게 만들
면 열광하는 고객이 있기에 우리는 아이디어를 빠르게 상품화하고, 그게
적중해서 완판되는 것까지 보는 일이 신나는 것이었다. 우린 IP가 아닌
'프로세스'를, 즉 우리가 일하는 방식을 덕질했다. 말 그대로 일을 덕질한
것이다.

해리포터 컬래버레이션의 대성공

또 하나의 메가 히트를 찾아서

진행하는 모든 컬래버레이션이 완판되고, 나름의 성공을 거뒀지만 여전히 메가 히트 IP에 대한 목마름이 있었다. 짱구 잠옷 다음 타자는 정말 없는 걸까? 히트 아이템에 대한 아이디어를 얻기 위해 요즘 뭐가 뜨는지 보려고 매일같이 SNS를 뒤졌다.

요즘 사람들은 무엇을 좋아할까? 그러던 중 발견한 것이 해리포터였다. 오사카 유니버설 스튜디오에서 버터 맥주를 들고 찍은 사진에 좋아요와 댓글이 몇만 개가 달려 있었는데, 이게 그렇게 좋을 일인가? 놀랍기도 했다.

해당 키워드로 조금 더 파고들어 보니, "도비 이즈 프리"가 퇴사 짤로 유행을 타고 있었고, 각종 해리포터 콘텐츠들이 SNS에서 큰 반응을 끌고 있다는 걸 알 수 있었다.

특히 트위터에서의 반응은 신세계였다. 해리포터 관련 짤만 떴다 하면 리트윗이 몇천 개씩 되었고, 해리포터 덕질 계정만 수백 개에 이르렀다. 콘텐츠에 대한 폭발적인 반응을 확인하고는 곧이어 관련 제품들을 찾아봤다. 아니 웬걸? 국내 컬래버레이션 상품이 없었다. 다시 한번 이거라는 생각이 내 머리를 스쳐 지나갔다.

덕후를 이해하기 위해 공부하다

하지만 나에게 해리포터를 좋아하느냐고 묻는다면 그저 과거의 추억일 뿐, 덕질을 하지는 않았다. 역시나 세계관을 이해하기 위해 예전에도 안 읽었던 해리포터 책을 전권 다 꺼내 읽었고, 영화도 1편부터 마지막 편까지 꼼꼼히 다시 살펴봤다.

모두 보고 나니 또 한 번 혼란을 겪었다. 나 해리포터 좋아하나? 일을 하기 위해 찾은 IP인데, 또다시 입덕 코스에 입성했다. 게다가 해리포터는 우리 팀이 '일본 애니 덕후'라는 이미지를 벗기 위해 딱 좋은 IP였다. 또다시 대박 예감이 들었다.

시장에서 제일 먼저 상품을 출시하기 위해 국내 에이전시와 빠르게 계약을 진행했다. 다행히 디자이너 KS와 KJ도 엄청난 해리포터 덕후라 아이디어를 내거나 디자인을 하는 것도 크게 어렵지 않았다. 여느 때와 같이 팀원들과 매일같이 아이디어를 나눴고, 거르고 걸러서 만든 디자인 시안만 백여 개에 달했다. 이후 해리포터 입학 초대장 콘셉트의 콘텐츠를 제작하고, 사전 디자인 설문 조사를 진행했다.

폭발적인 설문 반응 그리고 베팅

반응은 가히 폭발적이었다. 전에도 세일러 문 등의 협업을 할 때 디자인 설문 조사 참여자 1만 명까지 기록한 적이 있었다. 그런데 이번에는 하루 만에 설문 조사에만 5만 명이 참여, 이틀 만에 7만 명이 참여하면서 SNS는 말 그대로 난리가 났다. 나중에는 로딩이 오래 걸려 설문지가 보이지 않을 정도라 설문 조사를 조기 마감하기에 이르렀다.

설문 시안들은 이미 SNS에 바이럴되면서 "빨리 나오라"는 반응이 주를 이뤘고, "해리포터 컬래버 출시 예정"이라는 타이틀로 제작된 인터넷 기사에 좋아요만 5만 개가 눌렸다. 이번에는 정말 크게 베팅해도 되겠다라는 다짐이 든 순간이었다.

기존에는 우리 팀 주력 아이템인 스웨트 셔츠, 후드, 잠옷 정도만 제작했다면 이번에는 좀 더 품목을 넓혀 스웨터, 코트, 장갑, 모자, 목도리, 양말, 가방 등 전 의류·잡화로 확장하고 싶었다. 또한 마케팅과 VMD*에도 신경 쓰며 포토존을 만들고 판촉물을 제작하는 등, 4P** 관점에서 고객에게 새로운 경험을 주고 싶었다.

그래서 자신 있게 고객 조사 결과를 브랜드장님께 들고 가서, 50억 초도 발주***, 하반기 주력 프로젝트로 밀어달라고 요청했다. 기존에 초도 20억까지 발주한 적은 있어도 50억, 그것도 전사적 프로젝트로 미는 건 쉽지 않은 결정이었지만 브랜드장님은 흔쾌히 승인해 주셨다.

초도 100억의 무게

남은 건 스웨터, 셔츠, 잡화 등 다른 셀들을 설득하는 것이었다. 수많은 성공 사례를 만들고, 고객 조사도 확실하게 한 상황에도 다른 팀의 협조를 구하는 건 너무 어려운 일이었다.

"해리포터가 잘될 거란 건 알겠어. 그런데 얼마나 잘되겠어?"

"3개월 만에 상품을 만들라고? 우리는 빠질래."

나는 초대박에 베팅을 걸었지만, '그저 잘되느냐'와 '초대박이 나느냐'는 차원이 다른 문제였다. 사실 이 간극은 직접 작품 전 편을 보고 그

---

* VMD(Visual Merchandising): 매장 분위기와 상품 진열을 시각적으로 구성하는 작업
** 4P: Product(제품), Price(가격), Place(유통), Promotion(판촉)으로 구성된 기본 마케팅 요소
*** 초도 발주: 신상품을 출시할 때 가장 처음 넣는 주문

팬들과 동화되지 않으면 줄일 수 없었기 때문에 결국 과거와 똑같은 일이 반복되었다.

제작 수량이 1,000장이던 게 500장이 되고, 300장이 되더니 어느새 100장으로 줄어드는 마법. 메인 매대에 있다가 2번, 3번으로 밀려서 결국 구석으로 들어가게 되는 마법이 펼쳐졌다. 일일이 각 팀을 만나며 설득했지만, 결국 50억이던 발주액은 20억까지 줄어들었다.

결국 브랜드장님에게 SOS를 청했고 그렇게 회의실에 모인 사람만 서른 명이 넘었다. 나는 해리포터가 잘될 수밖에 없는 이유와 발주액을 늘려서 베팅해야 하는 이유를 30분간 발표했는데, 이걸 들은 브랜드장님이 통 큰 결정을 하셨다. 20억도, 50억도 아닌 무려 100억의 초도 물량을 제작하자는 것이었다.

당시 나를 포함해 회의실에 있던 사람들이 경악했다. 1~20억 규모를 해본 적은 많았지만, 초도 물량만 100억 규모라니…. 지금까지 브랜드에서 그만큼 발주한 제품도 거의 없었을 뿐더러 당시 1,500억 규모의 브랜드에서 단일 프로젝트 첫 주문 물량을 100억 규모로 한다는 건 엄청난 일이었다.

그때부턴 이거 망하면 나는 죽는다는 심정으로 프로젝트에 온 힘을 쏟아부었다. 매출이 안 나오면 그것도 문제지만 창피해서 얼굴을 들고 다닐 수 없을 것 같았기 때문이다. 마침 센스 있는 마케터였던 LJ라는 친구도 팀으로 합류했고, 광고도 퀄리티를 높여 찍기로 마음먹었다. 영국적인 헤리티지를 살리기 위해 브랜드 최초로 외국인 모델 두 명을 선정해 화보 촬영을 진행했다.

마케팅 예산이 적어 광고 기획부터 스타일링, 소품 준비까지 직접 준비해서 촬영했는데, 한 컷이라도 더 많이 찍으려고 열심히 매달려 작업했다.

VMD의 도움을 받아 매장들도 해리포터 콘셉트로 꾸몄고, 처음으로 메인 매대를 받아 명동, 홍대, 강남점을 예쁘게 꾸밀 수 있었다. 제품 출시일이 가까워지자 나는 지칠 대로 지친 상태였고, 이 프로젝트만 끝나면 퇴사하고 말겠단 일념으로 내 모든 것을 쏟아부었다. 무려 초도 100억이라는 프로젝트의 팀장으로서 심적 부담감이 매우 컸기 때문이다.

대망의 출시일, 전설이 되다

다행히 출시 일주일 전 올린 게시물은 짱구 잠옷 못지않은 큰 반응을 끌며 SNS에서 바이럴이 되었지만, 출시 전날까지 입고되지 않은 제품이 많아 비행기로 물량을 공급받으며 당일 매장으로 입고시켜야 했다. 이밖에 전날까지 온라인 기획전 감수가 완료되지 않는다거나, VMD 소품이 도착하지 않는다거나, 이런저런 사고가 많이 발생했다. 그렇게 기다리던 출시 당일, 어찌저찌 자정에 온라인 판매부터 시작했다.

반응은 역시 초대박이었다. 상품을 오픈하자마자 서버가 다운되며 밤사이 온라인에 분배된 모든 물량이 완판된 것이다. 오프라인 반응은 더 뜨거웠다. 그날 오전 10시, 해리포터가 출시되는 전국의 매장은 사람들로 가득 찼다. 강남점 앞에는 500명이 넘게 줄을 섰고, 명동점, 홍대점

할 것 없이 몇백 명씩 줄을 서서 기다렸다. 오픈되자마자 뛰어 들어가는 사람들 때문에 순식간에 강남점은 사람들로 가득 차서 마치 도떼기시장을 방불케했다. 매대에 있는 제품들은 순식간에 동났고 마네킹에 입혀진 옷을 벗겨서 가져가는 사람도 있을 정도였다.

결국 창고로 들어가 박스 포장되어 있는 제품을 진열할 틈도 없이 판매했는데, 사람이 너무 많아 통제가 어려워 "해리포터 목도리요!" 하면 사고 싶은 고객이 손을 들고, 그 사람한테 던져주는 식으로 판매를 진행했다.

그렇게 하루 만에 80억 매출, 이틀 만에 거의 전 제품 완판이란 기록을 세웠다. 발주액도 사상 초유였지만 판매 속도와 고객 반응까지 모든 지표가 놀라울 정도였다. 20억에서 100억으로 베팅한 CW 브랜드장님의 리더십에 큰 감사함을 느꼈고, 믿고 따라준 팀원들에게도 무척 고마웠다. 고객 니즈에 충실한 제품이 얼마나 강한 힘을 발휘하는지 똑똑히 느낄 수 있는 특별한 순간이었다.

그리고 번아웃

신기록의 그늘

그렇게 의도치 않게 또 한 번의 신기록을 세웠다. 일주일 만에 단일 컬래버레이션으로 100억 매출을 세우다니, 그 후폭풍은 대단했다. 여기저기 인터뷰 요청이 쇄도하여, 신문에 나를 소개하는 단독 기사가 나오기도 했고, 조선경제 1면에 소개되기도 했다. SBS TV 시사 프로그램에서 인터뷰도 하고, SBS 〈슈퍼맨이 돌아왔다〉 프로그램에도 참여하는가 하면, 컬래버·마케팅 강의에 대한 문의가 쇄도해, 1주일에 한 번씩 각각 다른 곳으로 강의를 나가기도 했다.

세 번을 성공하니까, 그제야 인정해 주는 건가? 그 반응은 내부에서도 마찬가지였다. 뜨거운 관심과 함께 3년 연속 성공의 비결에 대한 문의가 쇄도했고, 또 한 번 특진을 하면서 사내 최연소 과장이 됐다.

하지만 에너지를 너무 많이 쏟은 탓일까? 신문 기사에도 나고, TV에도 나오고, 강의도 하고, 내 회사 생활의 마지노선이라 생각했던 과장도 빨리 달았고… 이제 다음은 뭐지?

저연차 회사원으로서 할 수 있는 건 다 이뤘다는 생각이 들자 허무함이 물밀듯이 밀려왔다. '물 들어올 때 모터를 달자'라는 마인드로 마라톤이라 불리는 회사 생활을 100m 달리기하듯이 질주해 온 지난 시간이 떠올랐다. 내 마음에는 단 한 칸의 여유도 없었다.

레벨 업이 필요해

물론 나는 끈기, 창의력, 소통 능력 등 대부분에서 준수한 스탯을 갖췄다는 것을 알고 있었다. 하지만 정작 결정적 한 방이었던 포켓몬, 짱구 잠옷, 해리포터 같은 아이디어가 어떻게 튀어나오게 된 것인지는 몰랐다.

A를 넣으면 B가 나오는 프로세스였다면 성공 공식을 구조화하고 버전 업 하면 됐겠지만, 아이디어는 프로세스의 결과물만은 아니다. 예상

치 못한 어느 순간 툭 튀어나왔기 때문이다.

그 순간이란 건 참 기묘하다. 커피 마실 때가 될 수도 있고, 샤워할 때가 될 수도 있고, 친구와 잡담할 때가 될 수도 있다. 그 순간이 다시 다가올지는 그 누구도 모르는 것이다.

컬래버레이션으로 보여줄 수 있는 최고치를 보여줬다고 생각했고, 이걸 뛰어넘을 무언가를 해낼 자신이 없었다. 또한 컬래버레이션으로는 물론이고 개인적으로도 더 이상의 성장 모멘텀이 없을 것이라고 생각했다.

회사의 매출을 올려주는 건 뿌듯한 일이지만, 개인적 경험치가 오르는 속도는 매우 더뎌졌다. 지금까지 하나의 컬래버레이션을 진행할 때 경험치가 50에서 70까지 올라갔다면, 그때는 100에서 105가 되는 느낌이었다.

내가 새롭게 이루고 싶은 건, MD로서는 하이엔드 브랜드와의 컬래버레이션, 마케터로서는 브랜딩이었다. 그때까지 나는 마케팅, 그중에서도 매출 지향적인 MD 중심의 컬래버레이션을 진행해 왔다. 그래서 큰 예산 없이, 고객이 원하는 제품을 만들고, 그것을 판매해서 브랜드의 인지도를 올리는 방식이었다. 같이 컬래버레이션 하는 브랜드들의 레벨을 높여가며 함께 브랜딩을 올리는 방식인 것이다.

하지만 내가 마케터로 더 성장하고 스케일을 넓히기 위해서는 진정한 브랜딩을 해야 했다. 마케팅이 제품 위주의 플레이라면, 브랜딩은 정말 브랜드 단위로 움직이는 큰 플레이가 필요하다.

애플이나 하이네켄, 나이키, 코카콜라처럼 브랜딩만을 위해 예산을 책정하고, 4P를 모두 한 메시지에 집중해야 될까 말까 한 게임이었다. 하지만 브랜딩을 하기 위해서는 무엇보다 예산이 필요한데, SPA라는 특성상 가성비 있는 제품 위주로만 플레이할 수밖에 없기 때문에 마케팅에 예산을 쏟기가 어려웠다. 즉, 여기서는 마케터로도, MD로도 더 성장하기는 어렵다는 판단을 했다.

그렇다면 이제 다음 도전은 어디를 향해야 할까.

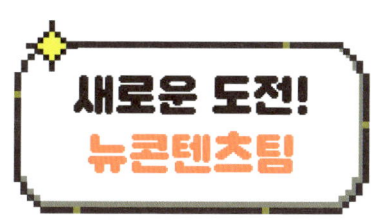

**새로운 도전!
뉴콘텐츠팀**

퇴사무새, 또 퇴사를 외치다

레벨 업을 하기 위해 새로운 길을 찾아야 했던 그 시간, 나는 열심히 이직을 알아봤다. 그 결과 내가 배우고 싶은 것들을 하는 회사들에서 면접을 보며 연봉 협상까지 마쳤다. 한 회사에서는 연봉도 높여주고, 내 개인 사무실도 주고, 하고 싶은 프로젝트를 하게 해주고, 나를 위한 팀원까지 데려올 수 있게 해준다는 달콤한 제안을 했다. 뿌리칠 이유가 없는 매력적인 제안이었다. 매너리즘에서 벗어나 나를 야생에 한 번 더 던져보고 싶었다. 이번엔 회사에서 어떤 딜을 하더라도 절대 흔들리지 않겠다고 생각했다.

하지만 여전히 법인장님이 벽이었다. 사람의 마음을 움직인다는 게 이런 걸까? 법인장님의 부드러운 리더십은 또 다시 나의 마음을 움직였다. 이쯤 되니 퇴사 면담은 연례행사처럼 스쳐 지나가는 일 같았다. 법인장님과의 대화를 통해 내 가치를 이만큼 인정해 주고 내가 프로젝트들을 어떻게 성공시켜 왔는지를 이해해 주는 사람이 또 있을까 하는 생각이 들었다.

무엇보다도 성장에 대한 갈망이 너무나 컸는데 그 부분을 공감하고 이해받으니 마음이 사르르 녹았다. 결국 퇴사를 외치던 나는 패션 본부로 다시 소속을 이동해, 새로운 콘텐츠들을 개발하는 뉴콘텐츠팀의 팀장이 됐다.

새로운 동료, 새로운 미션

그렇게 만난 후배가 JH, CJ이다. 이 친구들도 한 덕후 하는데, 현재까지도 많은 아이디어를 나누는 절친이다. 여기서는 뭘 해야 할까? 사실 이때는 마케터보다 MD로서의 강점을 살려 '내 사업을 해야 할까?'고민이 많던 시기였다. 지금보다는 안정성이 떨어지겠지만, 유튜브나 SNS를 운영하면서 작게라도 내 사업을 진행하면 그래도 먹고살 수는 있겠

다는 자신감이 있었다. 고민 끝에 법인장님과 약속한 1년만 더 다니고 회사 생활을 그만해야겠다는 결론에 이르렀다.

어느새 회사 생활 포함 사회생활 14년 차였기에 이 정도면 사회생활을 충분히 많이 한 느낌이었다. 더구나 30대 중반을 맞이하며 하루하루가 귀하게 느껴져 허투루 보내고 싶지 않았다.

이 1년을 어떻게 보내면 내 커리어에도 보탬이 되고, 회사에도 보탬이 될까? 몇 년 후 사업하는 것을 꿈꾸며, 뉴콘텐츠팀에서 하고 싶은 걸 다 해보기로 했다.

먼저 캐릭터 개발에 나섰다. 언젠가 나만의 캐릭터를 갖고 싶다는 생각이 있어 치키니, 힝구리 등의 자체 캐릭터를 개발했다. 치키니라는 캐릭터에 공을 특히 들였는데, 그 당시 치느님 밈이 인기 있던 것에 착안해서, 다아리(닭다리), 양다리(양념 닭다리), 무우(치킨무) 등의 캐릭터를 만들었다. 특히 나알개라는 캐릭터는 날개 모양을 개 모양으로 형상화해서 언어유희를 주며 위트 있게 만들었다. 직접 오리지널 캐릭터 개발도 해보고, 굿즈도 만들어 보고, 상표권, 저작권 등록도 해보는 소중한 시간이었다.

캐릭터 라인업 리브랜딩 진행

SPA 브랜드의 정체성을 위협할 정도로 커졌던 컬래버레이션을 메인 제품 라인과 컬래버레이션 라인을 분리하며 리브랜딩 하는 작업을 했다. 로고도 새로 만들고, 캐릭터, 영화 등 IP 관련 상품들을 구분하고,

SNS도 새로 개설했다. 이렇게까지 한 이유는 컬래버레이션만의 공간을 확보하며 메인 브랜딩과 별도로 가기 위함도 있었지만 궁극적으로는 컬래버 단독 매장 오픈을 위해서였다.

홍대, 영등포, 인사동 등 캐릭터가 잘 먹히는 곳에 단독 매장을 오픈하면 어떨까? 오픈 마케팅을 한 적은 있지만, 매장 오픈을 전적으로 맡아서 해본 적은 없기에 충분히 도전해 볼 만한 과제였다. 그래서 영등포 타임스퀘어점에는 팝업 개념으로 영역을 구분해 들어가고, 인사동에는 아예 컬래버 단독 1호점을 오픈했다.

F&B를 비롯해 각종 팬시, 잡화 등 여러 품목을 시도해 보았고 브랜딩부터 매장 조닝(zoning) 구성, 홍보, 영업, 마케팅 등 모든 분야에 관여했다. 이 경험들은 훗날 댄꼼마 단독 팝업 스토어를 오픈하는 데에 큰 도움이 됐다.

다음은 뷰티, 팬시, 잡화 등 라이프 스타일 제품 출시였다. 브랜드를 맡으면서 항상 아쉬웠던 것은, 의류 브랜드이기 때문에 컬래버레이션도 의류를 중심으로 전개할 수밖에 없다는 점이었다. 의류로도 물론 구현할 수 있는 게 많지만, 컬래버레이션에서는 가격도 잡화·팬시에 비해 비교적 비싸고, 직접 착용해야 하는 아이템이기 때문에 가장 진입 장벽이 높은 카테고리이기도 하다.

의류가 아닌 팬시, 잡화였으면 훨씬 큰 매출을 올릴 수 있을 거라 생각해 상품 품목에 대한 아쉬움을 항상 가지고 있었다. 내가 나중에 나가서 브랜드를 오픈하더라도, SKU* 도 많고, 다른 제품에 비해 비싸며 트렌드에 민감한 의류보다는 뷰티, 팬시, 잡화 등의 라이프 스타일 아이템을 하고 싶어 새롭게 도전해 봐야겠다는 생각을 했다.

첫 실패: 뷰티

먼저, 뷰티에 대한 얘기를 빼놓을 수 없다. 결론 먼저 말하자면 회사 생활 중 최초의 실패를 경험했던 분야다. 물론 제조한 만큼 다 판매하긴 했지만, 가격이 완전히 무너지고 완판하는 데에 크게 애를 먹었기 때문이다. 뷰티 분야를 쉽게 생각했던 게 패착의 원인이었다.

나의 생활신조였던 "HE CAN DO, SHE CAN DO, WHY NOT ME?"

그 말 그대로, '다른 사람도 다 하는데 왜 나라고 못 해?'라는 자신감으로 뷰티 기획도 밀어붙였다. 초기 기획안은 꽤나 괜찮았다고 생각한다. 우리나라에 러쉬와 비슷한 상품을 공격적으로 전개하는 곳이 당시에는 없어서, 러쉬 같은 브랜드를 만들어 보고자 했다. 하지만 메인 브랜드를 등에 업더라도 처음부터 브랜딩도 없이 성공하는 건 어불성설이었다.

컬래버레이션으로 먼저 도전해 좋은 성과를 낸 후 자체 브랜드(PB)를 개발할 자금을 얻는 게 1차 목표였다. 컬래버레이션 영역에서 〈짱구는 못말려〉, 〈위 베어 베어스〉, 마리몽 등 컬래버레이션 뷰티 상품을 먼저

---

* SKU(Stock Keeping Unit): 재고 관리와 상품 구분을 위해 사용되는 개별 상품의 최소 단위

선보여 진입 장벽을 낮춘 다음에 점차 PB 아이템들을 히트시키는 전략인 것이다.

첫 도전이니만큼 내가 잘 모르는 색조 분야보다는 립밤, 마스크팩, 선 스틱, 틴트, 핸드크림 등의 바디 아이템 쪽으로 사업을 전개했다. 사내에 뷰티 사업에 대해 아는 사람이 없다 보니 맨땅에 헤딩하는 느낌으로 진행했는데, 판매 조건을 갖추는 것도 너무 어려웠다. 그리고 선 스틱 등 기능성 제품의 경우 임상 테스트와 식약청의 허가를 꼭 거쳐야 했다.

판매도 문제였다. 기존에는 의류 매대밖에 없어서, 뷰티 전용 매대를 개발해야 했고, 뷰티 판매 경험이 없는 직원들을 교육시키는 것도 쉬운 일이 아니었다.

우여곡절 끝에 짱구 뷰티 컬래버레이션을 온라인에 선(先)오픈했는데, 오픈 당시에는 짱구 팬들이 모여들면서, 첫날에만 1만 개가 판매됐고 해냈다고 생각했다.

빠르게 스무 개 매장에 매대와 제품들을 보내고 50장에 가까운 제품 설명 가이드를 제작해서 영업팀에 전달했다. 하지만 영업팀 입장에서는 판매해 본 적도 없는 제품이고, 마스크팩 세 개 판매할 시간에 티셔츠 하나 판매하는 게 훨씬 쉽고 효율적이었기 때문에 뷰티에 큰 관심을 가지지 않았다.

결국 가이드를 제대로 읽은 사람 수는 손에 꼽을 정도였고, 스무 개 매장 대부분에서 뷰티 제품의 판매량은 점차 떨어지기 시작했다. 게다가 고객들은 옷을 사러 브랜드를 오는 것이지, 뷰티 제품을 사려고 온 것이 아니기 때문에 '아무리 제품이 좋아도 영업과 브랜딩이 매우 중요하구나'라는 점을 깨달았다.

다행히 한 드럭 스토어에 입점하면서 주간 1, 2, 3위를 차지하고, 나쁘지 않은 성적표를 받기는 했지만, 아쉬움이 많이 남는 프로젝트였다. 내가 모르는 분야에 대해서는 공부를 최대한 많이 하고, 항상 겸손해야겠다는 다짐을 매일같이 했다.

이외에도 뉴콘텐츠팀에 있으면서 직접 여러 공장에 연락해 그간 제조해 본 적이 없는 스마트 톡, 폰 케이스, 식기, 배지, 무드 등, 슬리퍼 등의 제품을 만들었다. 제조사와의 계약부터 기획, 생산, 마케팅, 영업 등모든 것들을 아울러서 진행해야 했기에 어려움이 많았지만, 이 경험은추후 창업을 하는 데 매우 큰 도움이 됐다. 긴 회사 생활 중 가장 압축적으로 많은 것을 배울 수 있는 시간이었다.

LV. 5

유튜버로 추가 전직
그리고 퇴사

덕후들은 늘 덕질할 것이
필요하다. 고로 휴덕은 있어도
탈덕은 없다.

1988

JUN

8

체력	700
맷집	700
지능	700
기품	500
매력	750
도덕심	800
업보	500
감수성	960

덕후평가	
마케팅평가	
MD평가	
리더십평가	

Lv.33
박휘웅 ☆ 빠퀴

MD, 마케터, 유튜버

덕력	800
관종력	800
독기	900
항마력	800

예의범절
예술
화술
요리
청소세탁
성품

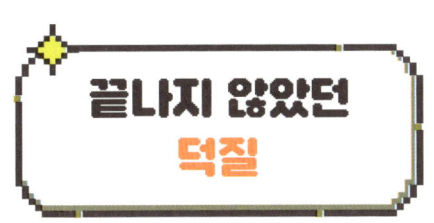

끝나지 않았던
덕질

본캐·부캐, 두 삶의 병행

회사 일을 정말 열심히 했다. 그 어떤 말로도 표현하기 어려울 정도로 일에 모든 걸 쏟아부었다. 다만 나에게 열심히란 단순히 '많이'를 뜻하는 것은 아니다. 얼마나 효율적으로 '잘'했느냐는 뜻이었다.

업무 성과와는 별개로 나는 사람들에게 호불호가 갈리는 요주의 인물이었다. 회사 책상에는 짱구 피규어를 가득 가져다 놓았었고, 늘 칼퇴를 하고 해마다 20일 연속 연차까지 써댔으니 나를 좋게 보지 않는 사람도 꽤 많았다. 누군가는 일을 정말 재밌게 한다고 말하기도 했지만, 또 누군가는 편하게 일하면서 회사는 놀러다닌다고도 했다.

하지만 몇몇의 평가 때문에 어릴 때부터 지켜온 본캐와 부캐를 분리해 서로의 영역을 침범하지 않겠다는 나름의 원칙을 굳이 깰 이유는 없었다. 하루는 그동안 못 썼던 버킷 리스트를 최신화했다. 지난 5년간 이룬 게 많지 않았다고 생각했는데, 업데이트를 해보니 감회가 새로웠다. 에펠탑 앞에서 사진 찍기 같은 목표뿐 아니라 TV 출연하기, 신문에 나오기 등 전혀 이룰 수 없을 것 같았던 버킷 리스트들을 이미 이뤘던 것이다.

버킷 리스트를 새롭게 정리하면서 여러 항목을 추가했다. 구독자 50만 명 달성하기부터 책 집필, 서유럽 일주, 부모님과의 유럽 여행, 내 브랜드 만들기까지. 신기하게도 지금 이렇게 책을 쓰고 있고, 다른 항목들 역시 대부분 이루어 냈다.

본캐와 부캐의 성향에 따라 버킷 리스트가 달랐기에 이루고 싶은 것도 많았다. 처음엔 가능할까 싶었던 일들까지 이미 이루어 낸 걸 보면, 본캐와 부캐의 삶을 잘 병행해 왔다는 생각이 든다.

갈수록 딥해지는 취미

본캐의 회사 일만큼 부캐의 삶도 정말 열심히 살았다. 연차가 쌓이면서 돈도 좀 모이다 보니 취미 활동은 더 딥해져만 갔다.

하나, 짱구 굿즈 모으기

월에 30만 원씩은 꼭 짱구 굿즈를 나에게 선물하자는 목표로, 빈티지 굿즈부터 최신 굿즈까지 다달이 사서 모았다. 짱구 덕질을 시작한 이상, 짱구 덕후 중 세계 최고가 되고 싶다는 목표가 있었다.

물론 굿즈도 많이 모았지만 그 꿈을 어느 정도 이뤘다고 할 수 있는 게, 원작자인 우스이 요시토 작가님이 내 이름을 알게 됐고, 고맙다며 보내주신 선물과 사인을 전달받았기 때문이다.

그리고 덕질을 하다가 직접 굿즈를 기획해 만들었고, 짱구 컬래버레이션 상품을 히트시켰다는 점에서 짱구 덕후로서 큰 자부심을 느꼈다.

둘, 세계여행 다니기

입사 이후 매년 최소 2번씩은 해외여행을 갔다. 누가 뭐라 하더라도 연차는 내 거라는 마인드가 있어서, 평소에는 한 번도 안 쉬고 일하다가 1년 치 연차를 한 번에 몰아 3주 이상씩 휴가를 다녀왔다. 연차를 한 달에 다 몰아 쓰면 남은 11개월이 힘들 것이란 건 예상했지만, 모험을 좋

아하는 타입인지 매번 2주 휴가를 위해 11개월은 쉼 없이 일했다.

그렇게 회사 다닐 동안 다녀온 곳이 일본, 중국, 대만, 말레이시아, 이탈리아, 스페인, 그리스, 터키, 프랑스, 스위스, 네덜란드 등 넘쳐난다. 여행으로 인생의 경험을 쌓았다고 말할 정도는 아니지만, 여행이 돈을 벌어야 할, 내가 잘 살아야 할 이유는 충분히 되어주었다.

여행은 열심히 일한 나에게 주는 보상이었기에 늘 즐거웠고, 게임 퀘스트를 깨듯 나라별로 도장을 찍으며 다니다 보니 성취감도 주었다. 여행을 다녀올 때마다 세상에는 아직 내가 가보지 못한 곳이 많다는 걸 실감하며 더 많은 곳을 여행하기 위해선 여유로울 만큼 성공해야겠다고 마음먹었다.

셋, 영화 감상하기

영화 취향도 갈수록 딥해져, 상업 영화 감상을 잠시 중단한 적도 있다. 상업적인 흥행을 위해 각종 클리셰가 범벅된 영화를 보자니 조미료로 범벅된 자극적인 음식을 먹는 느낌이었다.

반면 작가주의 작품은 그 감독의 오리지널리티와 신선함을 느낄 수 있어, 화려하지 않지만 깊은 맛이 있는 음식을 먹는 느낌이 들었다. 작가주의 영화에 한번 빠지자 헤어나올 수 없었고 특히 독창적인 작품을 볼 때는 도파민 그 이상이 뿜어져 나왔다.

이걸 이렇게 표현한다고? 이런 결말을 낸다고? 예상치 못한 포인트들은 새로운 경험을 선사하며 나를 신나게 했다. 그 감독의 영화를 파도타기하듯 다 돌려보고, 다 보고 나면 또 다른 감독을 찾아서 돌려보고, 자막이 없는 건 그냥 볼 정도였다.

그중 인상 깊었던 작품 중 하나를 소개하자면 알랭 레네 감독의 〈스모킹, 노 스모킹〉을 꼽을 수 있다. 이 작품은 무려 다섯 시간의 러닝타임을 자랑한다. 주인공이 담배를 피웠을 때, 피우지 않았을 때를 가정하여 그에 따라 나오는 나비효과를 보여주는데, 반복되는 장면 속에서 선택에 따라 수많은 경우의 수, 즉 여러 결말들을 보여준다.

다섯 시간의 챌린지를 성공했다는 뿌듯함도 있고, 신선한 스타일의 작품을 만난 즐거움도 주는 작품이다. 알랭 레네 감독의 구조적 실험이 경지에 오른 작품이라고 감히 평가할 수 있다.

그 외에도, 〈혹성 탈출〉, 〈위커 맨〉, 〈라쇼몽〉, 〈오후의 올가미〉 등 후대 작품의 오마주가 된 작품들을 발견했을 때는, 유레카라고 외치고 싶을 만큼 재밌었다.

"아, 이 장면을 이 영화에서 오마주한 것이구나?"

수많은 오마주 작품들 속에서 오리지널을 발견했을 때의 도파민은 말로 설명할 수 없다. 맞다. 나는 영화와 사랑에 빠졌다.

넷, 게임하기

〈랑그릿사〉, 〈파랜드 택틱스〉 등 고전 게임을 하는 건 물론, 〈포켓몬 GO〉, 〈윈드러너〉, 〈프렌즈 런〉, 〈드래곤 플라이트〉 등 수많은 게임들을 출시와 동시에 시작했다.

특히 모바일 게임의 경우, 전체 순위 안에 이름을 올릴 때까지 하는 버릇이 생겼다. 어떻게 해서든 성적을 내서 서버 순위 5위 안에 이름이 들면 삭제하는 식으로 게임 도장 깨기를 했다.

게임도 한번 파고들면 끝을 봐야만 성취감을 느낀 건데, 덕후의 특성이 여기에서도 발현된 것 같다. 이건 아직도 현재 진행형이다.

다섯, 맛집 탐방하기

서울의 미슐랭 맛집 도장 깨기, 이색 맛집들 도장 깨기, 지역 맛집들 도장 깨기 등 시즌별로 나에게 미션을 주면서 맛집 도장 깨기를 했다. 점심시간에 도장 깨기를 하러 혼자 멀리 다녀온 적도 한두 번이 아니다. 맛에 대한 새로운 경험 역시 나에게 도파민을 선물했다.

이렇듯 취미도 게임 퀘스트를 깨듯 목표를 가지고 하나하나 성취해 나갔다. 누군가에게는 별 볼일 없는 경험일 수 있겠지만 새로운 장소를 만나게 된 것, 새로운 영화를 만나게 된 것, 새로운 맛집을 알게 된 것, 새로운 게임에서 1위를 찍어본 것 등 이런 작은 경험 하나하나가 내게는 경험치로 쌓여 다양한 스탯이 풍요롭게 채워지는 느낌을 받았다. 그렇게 작은 방 안에서 나만의 세계는 더욱 공고해지고 세계관은 더욱 뚜렷해져만 갔다.

디지털 싱글 가수로 데뷔!

버킷 리스트에서 트랙까지

그 시기에는 새롭게 적어 둔 목표가 많았는데 그중 하나가 디지털 싱글 발매하기였다. 당시 자작곡이 스무 곡이나 있었는데, 더 묵혀두지 말고 이 중 하나는 세상에 내놓고 싶다는 생각이 들었다. 그래서 버킷 리스트를 쓴 다음

날 바로 악보 작업에 들어갔고, 첫 번째 목표는 내 첫 자작곡인 〈어딨는 거야?〉를 발매하는 것이었다. 하지만 곡을 발매하는 데에는 생각보

다 많은 돈이 들어갔다. 편곡비, 녹음실 대여비, 튜닝, 믹싱과 마스터링비 등을 합하면 200만 원이 넘었고 당시 월급으로는 취미에 쓰기 어려운 돈이었다.

어떻게 하지? 고민하던 어느 날, 네이버 뮤직에서 '네이버 뮤지션 리그'라는 탭을 발견했다. 당시 네이버 뮤직에 정식 발매되지 않은 데모 곡들을 등록하고, 월간 차트 1~3위를 차지하면 상금을 주는 프로그램이었다.

여기에 도전해 보자! 물론 상금은 바라지도 않았고, 월간 차트 1위에 실패하더라도 내 곡이 네이버 뮤직이라는 큰 음원 사이트의 한 파트에 올라간다는 것만으로도 신나는 경험일 거라고 생각했다. 그렇게 믿는 구석을 하나 만들고, 음원 작업을 시작했다.

매일같이 통기타를 치며 불필요한 부분은 걷어내고, 수정에 수정을 거듭했는데 가이드해 줄 사람이 없으니 '이게 맞나?' 싶다가도, 그 곡을 썼던 그 시절 그 감성이 떠올라 울컥했다. 내 이야기를 쓰고, 자작곡을 만들고, 그걸 통기타로 부른다는 것은 단순히 노래를 부른다는 의미를 넘어, 묵혀 있던 감정을 뱉어내는 과정이었고 그 자체만으로도 스트레스가 풀리는 행복한 일이었다.

그렇게 작사·작곡, 채보, 편곡, 음원 녹음, 믹싱, 마스터링의 긴 과정을 거쳐 첫 자작곡이 탄생했다. 내가 어렸을 때 만든 자작곡이 이렇게 불리고, 편곡이 되고, 음원으로 만들어지다니…. 마침내 완성된 곡을 들었을 때는 200만 원이 아깝지 않단 생각이 절로 들었다.

차트 1위와 상금

그리고 별 기대 없이 자작곡을 네이버 뮤지션 리그에 업로드했는데 이게 웬일? 바로 일간 차트 1위, 주간 차트 3주 연속 1위, 그 결과 월간 차트 1위를 달성했다. 그 후 네이버 측에서 상금을 받아 음원 제작비를 회수하고도 돈이 남았다.

자작곡 도전은 여기서 끝나지 않았다. 복잡해 보이고 도무지 알 수 없는 그녀의 마음, 거기에 빠져드는 복잡한 나의 마음을 주제로 한 펑크팝 〈Winding Road〉, 휴식을 위해 홀로 대만을 갔을 때의 꿈속 내용을 가사로 쓴 〈꿈결〉까지 자작곡 세 곡을 연달아 냈는데, 모든 곡이 뮤지션 리그 월간 차트 1위를 달성하며 상금을 받았다.

아쉽게도 뮤지션 리그라는 프로그램이 세 번째 싱글인 〈꿈결〉을 끝으로 종료되면서

더 이상 차트에 오를 수는 없었지만, 덕업일치라는 것만으로도 너무 행복했다.

지금은 〈그날 밤의 주파수〉, 〈어딨는 거야? (리마스터링 버전)〉까지 해서 총 4집의 싱글 앨범을 가진 가수가 되었다. 저작권 협회 가입 인증서도 생겼고, 멜론·유튜브 뮤직·인스타그램 등에서 내 노래가 나오는 것을 보면 아직도 신기하고 신난다.

격동의 SNS 세대교체의 바람을 타다

"잠은 주무시나요?"

내 생활을 아는 사람들이 자주 묻는 질문이다. 결론만 말하자면 태어

나서 하루 일곱 시간 이하로 자본 적이 거의 없다. 목표를 가지고 취미 생활마저 극강의 효율을 추구해서 그런 걸까? 가끔은 나도 어떻게 시간이 남는지 신기하긴 하다. 어쩌면 친구와의 친목

Sun	Mon	Tue	Wed	Thu	Fri	Sat
			1 WORK!	2 WORK!	3 WORK!	4 WORK!
6 WORK!	6 WORK!	7 WORK!	8 WORK!	9 WORK!	10 WORK!	11 WORK!
12 WORK!	13 WORK!	14 WORK!	15 WORK!	16 WORK!	17 WORK!	18 WORK!
19 WORK!	20 WORK!	21 WORK!	22 WORK!	23 WORK!	24 WORK!	25 WORK!
26 WORK!	27 WORK!	28 WORK!	29 WORK!	30 WORK!		

이번 달에는 쉬는날 없이 이렇게 스케쥴을
진행하겠습니다. 괜찮으십니까? ▼

등 인간관계가 많지 않아 시간이 많이 남은 것 같기도 하다. 하지만 취미 생활에만 시간을 투자한 건 아니었다. 많은 사람들에게는 비밀로 했지만 사실 내가 시간을 제일 많이 투자한 것은 SNS 마케팅 공부였다.

마케팅 전문가로서, 컬래버레이션 마케팅, SNS 마케팅 분야에서는 최고가 되어야겠다는 생각이 항상 있었다. 나름 파워블로거였던 블로그의 시대를 지나, 페이스북의 끝물을 몸소 체험하던 그 시절, 새로운 채널로 인스타그램, 유튜브가 떠오르고 있었다. 그때도 무려 스무 개가 넘는 지역 페이지를 동시에 운영하고 있었는데, 갈수록 노출도 떨어지고, 게시물 반응도 줄어드는 것을 체감했다.

가장 높은 벽 : 유튜브

인스타그램은 어찌저찌 한다고 해도 문제는 유튜브였다. 업계에서는 몇 년 전부터 앞으로는 영상의 시대라며 영상의 중요성이 강조되고 있었다.

SNS 전문가로서 유튜브를 하지 않으면 뒤처진다는 위기 의식이 있었지만 도전은 쉽지 않았다. 방송부 활동을 몇 년간 해왔고, 단편영화도 만들어 봤기에 영상이 얼마나 어렵고 시간이 많이 드는 일인지 알았기 때문이다. 그 답답하고 막막한 막일(?) 작업의 세계로 선뜻 발을 들이기가 힘들었던 것이다.

사실 영상의 시대가 다가오지 않았으면 하는 바람도 있었다. 영상은 사진 콘텐츠에 비해 작업 시간이 수십 배는 많이 들고, 기업에서 운영할 경우 비용도 많이 들어 "돈 없이 마케팅하는 브랜드는 다 죽는 건가?"라는 위기감도 있었기 때문이다. 브랜드 영상은 마케터가 제작하는 게 아니라, 기획만 하고 영상 작업자에게 맡기기 때문에 영상 제작하는 법을 익히는 게 그리 급한 일은 아니기도 했다.

그래서 유튜브를 시작하기보단 페이스북의 다음 타자인 인스타그램을 열심히 공부했다. 먼저 페이스북 페이지의 대부분을 정리하고, 인스타그램으로 넘어갔다. 인스타그램도 페이스북도 결국 본질은 비슷하다. 사람들이 좋아할 만한 콘텐츠를 올리는 것.

사람들이 좋아할 콘텐츠를 제작하는 것이야말로 나의 특기 아닌가? 덕잘알 콘셉트를 유지하며, 맛집과 여행에 대한 콘텐츠를 주로 업로드했다. 어떻게 하면 인기 게시물에 오르고, 어떻게 하면 팔로워를 모을 수 있는지 직접 경험하며 부딪쳤다.

사실 SNS를 네이버 카페부터 블로그, 밴드, 스타일 셰어, 인터넷 커뮤니티 등 다양하게 경험해 봤기 때문에, 다른 채널을 키우는 것은 크게 어렵지 않았다. 본질은 사람이 좋아할, 나아가 열광할 콘텐츠를 만드는 것에 있기 때문이다.

그리고 경험치가 쌓이면 콘텐츠에 대한 일종의 감각, 무엇이 사람들의 반응을 이끌어 낼지 미리 짚어내는 감이 생긴다. 그런 감각을 바탕으로 콘텐츠를 만들면 같은 소재라도 한 끗 다른, 이른바 터질 만한 콘텐츠를 만들어 낼 수 있다. 그런 맥락에서 인스타그램도 어렵지 않게 팔로워 2만 명을 모으며 인스타그램 초창기에 나름 인플루언서로 활동했다.

하지만 팔로워를 2만 명까지 찍고 나니 아쉬움을 많이 느꼈다. 페이스북의 알고리즘은 SNS 혁신에 가까울 정도로 개방적이고 폭발력이 있었지만, 당시 인스타그램은 특유의 폐쇄성 때문에 노출이 그 절반도 따라가지 못했다.

물론 지금은 페이스북을 완전히 대체했지만 그때의 인스타그램은 광고 없이 페이스북을 대체하긴 어려웠기 때문이다. 기존에 했던 0원 마케팅이 거의 불가능한 구조였다. 결국 유튜브를 시작해야 할지 고민에 빠졌다.

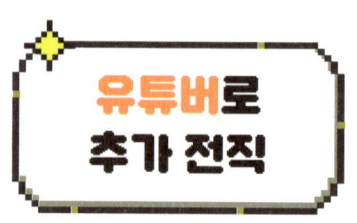

유튜버로
추가 전직

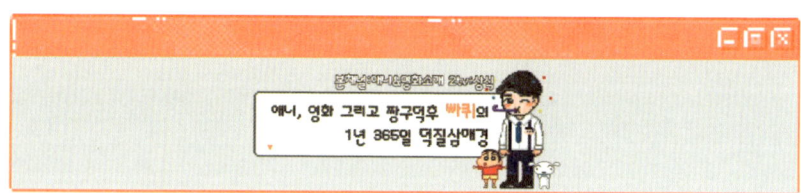

시작은 공부용이었습니다만

시류에 떠밀리듯 2019년에 유튜브를 시작했다. 영상 만드는 게 얼마나 힘든 줄 알기에 '본격적으로 팔로워를 모으자' 같은 생각보다는 공부한다는 마음가짐으로 시작했다.

다만 너무 가벼운 마음으로 접근한 나머지 그 중요한 브랜딩에 대해서도 별 고민이 없었다. 내 이름이 박휘웅이라서 허구한 날 들었던 바퀴벌레, 빠퀴라는 별명, 그걸 별생각 없이 채널명으로 정한 것이다. 지금 생각하면 가장 후회되는 일이다. 이렇게 잘될 줄 알았으면 좀 더 멋들어진 이름으로 지었을 것인데 말이다.

초반에 알고리즘의 선택을 받기 시작했을 때는, 혹시나 이름을 바꾸면 알고리즘에서 제외될까 봐 바꾸지도 못했다. 어찌 됐든 나는 빠퀴일 운명이었던 것이다.

처음 유튜브를 시작할 때 고민한 건 바로 주제였다. 어떤 주제로 유튜브를 할 것인가. 컬래버레이션&마케팅 팀장인 회사원 박휘웅, 디지털 싱글 2집 가수, 파워 인스타그래머, 씨네필, 전체 랭킹 5위 게이머 등 여러 부캐가 넘쳐났던 그때, 뭔가를 직접 촬영할 시간은 없었다. 그래서 이미 있는 콘텐츠에 내 시선을 담아 재창작하는 영화·애니메이션 평론을 주제로 정했다. 주제별 TOP 5 등 짧은 호흡의 순위 매기는 콘텐츠들이 페이스북 페이지에서도 인기가 많았으니, 주제를 풀어가는 방식은 TOP 5로 결정했다.

그렇게 처음 올린 영상은 〈당신이 몰랐을 달달한 로맨스 영화 TOP 5〉였다. 이색 영화를 콘셉트로 사람들이 잘 모를 만한 〈한밤의 쇼핑〉, 〈비기너스〉, 〈질투〉 등의 작품을 순위에 넣었는데, 썸네일을 잘 만들어서 그런지 일주일 만에 10만 회를 달성했다.

"어… 어 이러려고 했던 건 아닌데?"

신기하게도 첫 영상 조회 수가 잘 나와버리니 신나서 바로 다음 영상을 작업했다. 그다음 영상은 내가 좋아하는 예술영화를 해보자는 목표로 〈지난 해 마리앙바드에서〉 리뷰 및 분석을 진행했다. 누벨바그 시절

프랑스 영화감독 알랭 레네의 60년대 실험 영화였는데, 당연히 반응이 좋을 리가 없었다. 60년대 흑백 예술영화라니, 관심 있는 사람도 매우 적을 테고 실제로 본 사람, 볼 의향이 있는 사람들은 더 적을 것이니 말이다.

블로그·인스타그램보다도 유튜브는 대중성이 매우 중요했고, 아무리 질 좋은 영상이라도 알고리즘에 선택받지 못하면 조회 수가 안 나올 수밖에 없었다. 겨우 3천 회를 기록하면서, 잠깐 모았던 구독자들을 엄청 까먹고 나서야 다시 마음을 정했다. 마음가짐이 가볍다고 해서, 결과물까지 가벼워질 필요는 없잖아?

'내가 좋아하는 것 × 사람들이 좋아하는 것'의 컬래버

제대로 해보자는 마음가짐으로 다음 주제를 정한 것이 바로 짱구였다. 내가 짱구에 대해 워낙 잘 아니까 다른 콘텐츠에 비해 큰 시간을 들이지 않아도 제작이 가능하고, 예술영화와는 비교가 안 되게 대중적이란 판단에서였다.

나름대로 '내가 좋아하는 것'과 '사람들이 좋아하는 것'의 중간 지점을 찾은 것이다. 그렇게 세 번째 올린 영상이 〈당신이 몰랐을 짱구 감동 극장판 TOP 5〉이다.

어느 정도는 잘되지 않을까? 기대하긴 했지만 결과는 기대 이상이었다. 늘 그랬듯이 고객의 니즈를 적중하면, 성과는 예상치 못한 큰 파도가 되어 다가온다. 일주일간 조회 수 100만을 기록하며 구독자가 순식간에 몇만 명이 생겨버린 것이다.

회사 다니고, 취미 생활하느라 남는 시간이 많진 않았지만 유튜브가 자리 잡을 때까지 사람들이 좋아하는 짱구 주제로 계속 올려보자 마음먹었다. 물론 사람들이 좋아할 만한 주제로 해야 했으니, 그 부분에 시간 투자를 많이 했다. 어렸을 때 본 짱구를 어른 시점에서 바라보면 재밌는 얘기가 나오지 않을까?

그렇게 해서 나온 주제들이 짱구네 집값, 짱구 아빠 스펙과 연봉, 수지네 집값, 철수에게 숨겨진 과거, 짱구 엄마 가계부는 어떨까? 등이다. 어른이 관점의 막장 혹은 세속적인 코드에 짱구를 녹여 흥미도 유발하고 재밌게 만드는 전략이었다.

다행히 전략은 200% 통했다. 올리는 영상마다 50만 이상의 조회 수는 기본적으로 나왔고, 인기 급상승 동영상(인급동) 순위에도 자주 올라갔다. 당시에는 애니 유튜버도 거의 없던 데다가, 대중적인 애니메이션으로 사람의 관심을 확 끌 만한 영상도 없다시피 해 블루오션을 잡았다고 해도 될 것이다.

이런 이유 덕분인지 유튜브 내외로 채널이 엄청난 바이럴이 되면서 시작한 지 얼마 안 돼 정말 빠른 시기에 구독자 10만 명을 달성했다. 다만 걱정했던 대로 영상 편집 작업은 막노동 그 자체였다. 자료 찾는 데 일곱 시간, 대본 쓰는 데 일곱 시간, 녹음하는 데 두 시간, 편집하는 데 열 시간. 장장 스물여섯 시간의 휴식 시간 겸 취미 활동 시간이 사르르 녹아내린 것이다. 그래도 퇴근하고 집에 왔을 때 다섯 시간 정도는 온전히 쓸 수 있었고 주말은 온전히 내 시간이었기 때문에, 일주일에 영상 하나를 만드는 게 불가능한 일이 아니었다.

그전에는 무려 스무 개의 페이지에 주마다 콘텐츠를 올리지 않았었나. 그런데 유튜브는 광고 수익까지 주니 얼마나 좋은가. 이만큼 통 크게 크리에이터에게 수익 배분을 해준 SNS가 있었나? 생각이 여기까지 나아가니 유튜브를 하지 않을 이유가 없었다.

유튜브는 크리에이터에게 전에 없던 혁신적인 채널이었다. 이런 수익 배분 구조를 경험하니, 앞으로 십수 년간은 유튜브가 콘텐츠 시장을 장악하겠구나라는 확신이 들었다. 도전하는 덕후는 성공한다. 역시 "시작이 반이다"라는 큰 교훈을 남기고, 새로운 부캐 유튜버 빠퀴가 탄생했다.

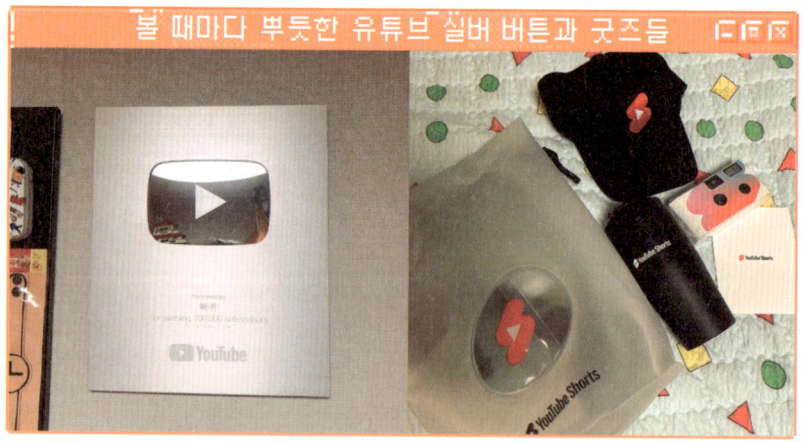

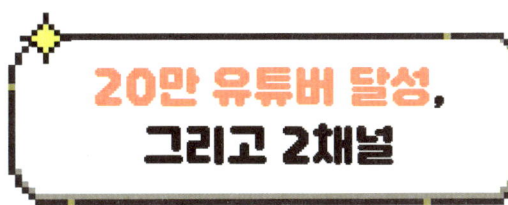

20만 유튜버 달성,
그리고 2채널

짱구에서 '추억의 애니'로

짱구 유튜버로 어느 정도 궤도에 오른 후에는 다른 추억의 애니메이션에 도전했다. 짱구 유튜버에서 추억의 애니 유튜버로 시장을 확장해야 했다. 주제를 넓히는 것이 도전이긴 했지만, 다행히 성공적으로 채널을 키워 갈 수 있었다. 짱구와 비슷한 감성의 〈아따맘마〉, 〈스폰지밥 네모바지〉, 지브리 애니메이션 등 기존 구독자가 떠나지 않게 점차적으로 주제를 확장했다.

짱구 주제는 한 달에 한 번씩은 꼭 올리며, 추억의 투니버스 애니메이션, 〈명탐정 코난〉, 디즈니 애니메이션 등으로 확장하자 기존 구독자도 흥미롭게 보고, 새로운 구독자들도 급증했다. 덕후의 마음은 덕후가 헤아려야 한다는 나만의 필승 전략이 통한 것이다.

업로드 전 작품에 대해 충분히 공부하며, 작품의 흑역사, 예민한 부분 등은 건드리지 않고, 해당 애니메이션 덕후들이 좋아할 만한, 궁금해할 만한 내용만을 담아 기존에 볼 수 없는 소재들을 다뤘고, 영상 전반에 작품에 대한 존중과 애정을 담았다.

그 결과 각 애니메이션 팬들이 유입이 되면서 '믿고 보는 채널' 타이틀을 얻었다. 조회 수가 잘 나오게 만드는 확실한 기획물이었기 때문에, 인기 급상승 동영상에도 자주 올라가고 이후 영상들도 대부분 조회 수가 잘 나왔다. 바쁜 와중에도 유튜브 영상은 일주일에 한 편씩 꼭 업로드했고, 그 결과 구독자 20만까지 빠르게 달성했다.

2채널의 출발

사실 나는 마케팅 덕후이기도 했다. 그런데 애니메이션만 다루고 있으니 개인적으로 아쉬운 마음이 생겼다. 그러자 내가 자주 기획하는 주제별 TOP 5를 모듈화해서 상

식 부문에 적용해도 좋을 것 같단 생각이 들었다. 그렇게 빠퀴2tv를 개설했다. 빠퀴 본 채널은 애니메이션, 2tv에서는 상식을 주로 다루는 것으로 구분했다.

과연 2tv도 잘 될까? 의구심이 들었지만 본 채널을 오픈할 때보다

는 더 큰 각오로 2tv를 키웠다. 신기하게도 반응은 금방 찾아왔다. 여름 특집으로 사람들이 좋아할 만한 〈당신이 몰랐을 한국 귀신 TOP 5〉 영상을 올렸는데, 며칠 만에 조회 수 10만 뷰를 달성한 것이다. 구독자가 3천 명 남짓이었던 당시에는 매우 큰 성과였다.

그럼 이걸 시리즈화해 볼까? 시리즈로도 잘 먹힐 거라는 생각이 들어, 일본 귀신, 중국 귀신, 미국 귀신은 물론이고 사람들이 잘 몰랐을 이집트 귀신, 아프리카 귀신, 태국 귀신 등 전 세계의 귀신들에 대해 다뤘다. 모든 영상의 조회 수가 잘 나오면서 채널은 순항했다.

전 세계 귀신에 대한 내용을 찾으면서 세계 상식이 조금씩 생겼고, 다룰 수 있는 주제도 생각보다 많다는 것을 발견했다. 그래서 채널 방향성을 상식, 그중에서도 세계 상식으로 잡았다. 세계 상식 중에서 역사에 대한 내용보다는 문화, 먹거리, 유행 등 현재 문화에 대한 주제를 다루면서 다른 상식 채널과는 차별화되게 했다.

귀신 시리즈는 여름 납량 특집으로 놔두고, 좀 더 부드러운 콘셉트의 영상들을 업로드했는데 〈현재 중국에서 가장 인기 있는 음식 TOP 5〉, 〈신기한 세계의 급식 문화 TOP 5〉 등의 영상들이 인기를 끌면서 구독자도 점차 늘어났다.

회사 다니면서 일주일에 영상 두 편이라… 매번 납기에 맞춰서 뭔가를 제작해서 올려야 한다는 게 큰 부담이었지만, 조회 수라는 결과가 바로바로 나타나니 신나는 마음에 열심히 두 채널을 키웠다.

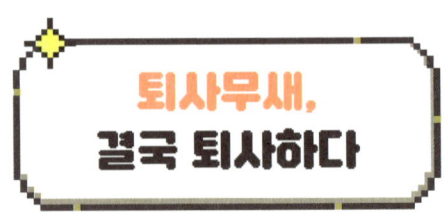

퇴사무새, 결국 퇴사하다

또 찾아온 번아웃

이렇듯 게임하듯이 하루를 빼곡하게 성취만을 목표로 달려왔다. 그러다 보니 번아웃? 그건 마치 친구 같았다. 또 왔니?

1, 2개월에 한 번씩 번아웃 현상을 겪었는데, 그렇다고 쉴 수는 없었다. 회사는 계속해서 출근해야 했고, 취미 활동은 갈수록 깊어졌으며,

유튜브는 채널을 두 개나 만들어 매주 두 편의 영상을 짬짬이 만들어야 했기 때문이다.

본캐로서의 빠퀴, 부캐로서의 박휘웅 모두 지쳐버렸지만 도망칠 구멍이 없었다. 어찌할 방법이 없으니, 번아웃은 그저 가벼운 감기 몸살처럼 왔다가 떠나가기를 반복했다.

하지만 어느샌가부터 쉬는 시간조차 괴로웠다. 쉴 때엔 음원 랭킹을 계속 확인하고, 회사 매출을 확인하고, 유튜브 추이도 확인했는데 어떤 것이든 수치가 떨어지면 바로 다시 올리기 위해 노력했기 때문이다. 게임 역시 길드장까지 하며 랭킹 5위 안에서 떨어지지 않으려고 노심초사했고, 영화 보기는 어느 순간 새로운 경험을 하는 것에 치중하게 되어, 보기도 힘든 실험 영화들 위주로 보며 나를 괴롭히고 있었다.

삶이 피곤해지자 삶은 원래 괴로운 게 아닐까라는 생각만 하게 됐다. 괴로움 장벽은 갈수록 낮아져 나는 마치 번아웃을 절친처럼 자주 만나게 됐다.

1년 365일 단거리 달리기 하듯 빼곡한 내 삶에는 나 아닌 다른 사람이, 나와 관련되지 않은 다른 주제가 들어올 공간은 전혀 없었다. 그렇게 34살이 되었을 때 두려움이 엄습했다. 나이를 먹은 것을 후회하고 다시 어려지고 싶다 생각한 것은 아니다. 너무나도 열심히 살아와 더 잘할 자신도 없었고, 나를 미친 듯이 불태웠던 과거의 순간으로 돌아가고 싶지도 않았다.

그저 35라는 숫자가 중요했다. 내 인생에서 큰 분기점이 되어야 할

마음은 이미 할아버지

그 시간은 40대라는 새로운 챕터를 준비하는 중요한 시기였다.

'그런 중요한 시간이 1년밖에 남지 않았다고?' '내가 이 인생이라는 게임을 즐기고 있는 건 맞나?' 수많은 고민들 속에서 34년의 인생을 복기해 보기로 했다. 그제야 주변이 보이고, 내 위치가 보였고, 나라는 사람에 대해 인정을 하게 됐다.

지금까지 내가 생각한 나는, 매우 성취 지향적이고, 옆이나 뒤는 돌아보지 않는 폭주 기관차 같은 사람이라 생각했다. 하지만 복기를 해본 후 그게 아니라는 것을 깨달았다. 나는 내가 스탯과 경험치를 쌓아가는 것 자체를 즐긴다고 생각했지만, 사실 누구보다도 주변 사람들을 크게 의식하는 사람이었다.

누구도 나에게 일을 해라, 경험치를 쌓아라 강요하지 않았다. 나 자신이 나만의 세상을, 게임을 만들고, 그 안에서 각각의 분야에 랭킹을 매기며 경쟁하는 데 거의 눈이 돌아가 있었다. 동료나 선배는 내가 이겨서 올라가야 할 존재였고, 유튜브, 취미 활동, 인스타그램, 여행, 영화 보기, 뭐든 게임처럼 퀘스트를 깨고 도장 깨기를 하며 경험치를 누적하는 데 집중했다. 늘 남들보다 부족하다는 생각에 남보다 몇 단계 더 빠르게 올라가는 것을 목표로 경쟁해 왔다.

게임처럼 모든 스테이지에서 늘 무언가를 성취하며 재밌게 살겠다는 다짐은 어느 순간 변질되었던 것이다. 나는 내가 하는 모든 분야에서 단순히 경험치만 쌓는 게 아니라 대단한 결과를 내기 위해 혈안이 되어 있었다. 회사원으로는 컬래버레이션 업계 최고가 되어 동기들보다 몇 단계 앞서 나가길 원했고, 유튜버로는 국내 최다 구독자 애니 유튜버가 되길 원했고, 여행을 즐긴다기보다는 어딘가를 강박적으로 찍고 오는 게 중심이 되어 있었다.

게임처럼 살겠다고 모든 걸 경험치와 퀘스트, 랭킹에 귀결시켜 나를 태워온 것이다. 정작 "그 경쟁 대상이 누구였나?" 물어본다면, 지금도 답하기가 어렵다. 그저 경쟁을 위해 경쟁을 하고, 경쟁에 익숙해져 버린 것이다.

난 누구지? 혼란이 왔다. 난 지금 누구에게 무엇을 증명하려고 하고 있지? 무엇 때문에 남들의 우위에 서려고 계속해서 나를 태우고 있는지 혼란스러웠다. 사실 그건 가족을 위한 것도, 스쳐 지나가는 동료를 위한 것도 아니었고, 법인장님을 위한 것도, 게임 동료를 위한 것도 모두 아니었다. 더더욱이 나를 위한 것도 아니었다. 하루하루 행복하기 위해 달린 건데, 그 본질을 잊은 것이다.

드디어 멈추다

그럼 나는 지금 레벨이 몇이고, 이 게임은 언제 끝나는 걸까? 그런 생각을 처음 하게 되었다. 인생도 게임처럼 레벨이 정해져 있고, 스탯의 한도가 있고, 스테이지가 나뉘어 있다면 얼마나 좋을까 하는 마음이 들

동료들의 퇴사 축하 선물

었다.

내가 어느 정도의 레벨, 일정 정도의 스탯을 달성하고 있다 정도는 감으로 알 수 있었지만 어디쯤 달리고 있는 건지, 이 게임의 끝은 어디인지 생각해 보니 막막함뿐이었다.

이 정도밖에 못해? 오히려 나를 가장 사랑해야 할 사람이, 성장을 이유로 나 자신을 계속 학대해 왔던 것이다. 한 가지 명확했던 건 이 게임은 금방 끝나지 않는다는 것이었다. 게임이 끝나지 않을 거란 생각이 들자 막막한 마음이 파도처럼 몰려왔다.

"그래, 이제 정말 쉬어가자."

앞으로 남은 긴 게임을 위해서라도, 내가 직접 나를 멈춰야 했다. 회사 생활은 나를 앞으로도 끝없는 경쟁에 내몰 것이고, 나는 더욱 피폐해질 게 분명했다. 그렇기에 주변 환경을 바꿔서라도 더 이상 누군가에게 나를 증명하려 하지 말고, 나 자신을 아껴주자는 다짐을 했다. 내가 얻고자 하는 본질, 즉 행복부터 찾기로 했다.

LV. 6

새로운 스테이지를 다시 시작하다

세상이 나를 삼켰다가
너무 뜨거워서 뱉어버렸다.
덕후는 항상 뜨겁다.

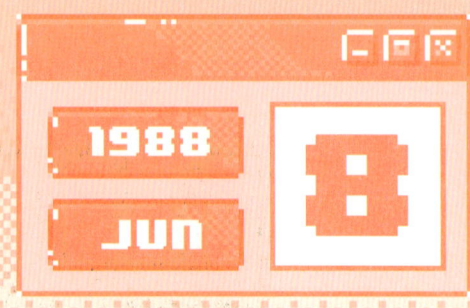
체력	600	██████████▏░░
맷집	700	███████████▏░
지능	800	████████████▏
기품	600	██████████▏░░
매력	800	████████████▏
도덕심	850	████████████▏
업보	550	█████████▏░░░
감수성	990	█████████████

덕후평가	█████████████
마케팅평가	████████████▏
MD평가	████████████▏
리더십평가	█████████████

Lv.35-?
박휘웅 ☆ 빠퀴

전 직장인, 유튜버

덕력	900	█████████████
관중력	900	█████████████
독기	950	█████████████
항마력	900	█████████████

예의범절	██████████
예술	██████████
화술	██████████
요리	█████████████
청소세탁	█████████████
성품	██████████

컬래버 마케터 박휘웅이 아닌
그냥 박휘웅으로 돌아오다

단 3개월 만에 사라진 경력들

7년간 경력을 쌓아온 회사원 박휘웅, 컬래버레이션 업계의 떠오르는 MD 겸 마케터 박휘웅이 잊히는 데는 그렇게 오래 걸리지 않았다. 단 3개월이면 충분했다.

불티나게 연락을 하던 협 력사 사람들도 하나둘 연락이 뜸해졌고, 전 회사 사람들도, 스카우트 제의를 하던 타 회 사 사람들도 모두 사라졌다. 딱 3개월이 지나니 아무런 연 락도 오지 않았다. 회사나 사

회는 무생물이니 감정을 이입하지 말자는 게 내 모토였지만, 막상 현실을 마주하니 예상보다 훨씬 차가웠다.

그간 시간에 휩쓸려 잊히지 않으려고 발버둥 쳤지만, 아무것도 안 한 채로 떠밀리다 보니 정말 아무것도 아닌 사람이 된 느낌이었다. 그렇게 내 인생의 가장 큰 부분을 차지했던 마케터&MD라는 타이틀은 겨우 3개월 노를 젓지 않았다고 그대로 사라져 버렸다.

조금 더 빨리 승진하려고 밤낮없이 머리를 굴려가며 노력했던 것도, 제품을 조금이라도 더 판매하려고 채널을 공부하고 발품 팔아 마케팅을 하던 것도, 인맥도 늘리고 뭔가 배워가기 위해 최대한 많은 타 회사 사람을 만나온 것도, 회사 명함이 빠지자 모두 시간이란 파도에 떠밀려 휩쓸려 가버렸다.

딱 3개월이면 깨끗하게 잊힐 거품을 만들기 위해 그간 그렇게 싸워오고 노력했다고 생각하니 우습다는 생각까지 들었다. 나는 지금까지 뭘 위해서 일한 것일까?

허무를 지나가기

물론 퇴사할 때 현실이 녹록지 않을 거라 예상하긴 했다. 7년간 열심히 쌓아온, 그리고 회사원으로서는 나름 앞날이 창창했던 커리어를 버리고 레벨 1에서 다시 시작한다는 것은 보통의 각오 없이는 할 수 없는 일이기 때문이다.

인생이라는 게임, 내가 주인공인 게임의 주도권을 다시 나에게 가져오기 위한 필수 불가결한 선택이었다. 이 연장선상에서 허무한 느낌은 이내 사라졌다.

지금이라도 깨달은 게 어딘가 싶었다. 만약 이 경험을 40대나 50대에 겪었다면 정말 무너졌을지도 모르겠다는 생각을 했다. 결과적으로 나는 갖가지 경험을 압축적으로 쌓으며 빠르게 성장했고 돈과 인정이라는 보상도 충분히 받았다. 이런 허무함은 회사를 그만두면 언젠가는 경험했을 테니 미리 경험했음에 안도감을 느꼈다.

하지만 15년간 사회생활을 하면서 내 몸에 남아 있던 인정 욕구와 경쟁심을 한순간에 떨쳐낼 수는 없었다. 이제 누구와 경쟁해야 하지? 누구한테 인정받고 올라가야 하지? 여러 생각이 뒤섞였다. 하루하루 무엇을 목표로 성취해 나가야 하는지, 내가 무엇에 행복을 느끼는 사람인지, 아니 내가 누구인지조차 정확히 몰랐기 때문이다.

나를 찾는 퀘스트

고민 끝에 앞으로 어떤 것을 목표로 할지, 어떤 것에 성취감을 느끼고 행복을 느끼는 사람인지, 그리고 내가 누구인지 알아보는 시간을 갖기로 했다. 나를 알아가는 것조차 결국 퀘스트처럼 진행하게 됐다.

하루하루 지난 일들을 복기하며 일기를 쓰고, 버킷 리스트를 다시 써 내려가면서 나를 알아가기로 마음먹었고, 내게 아래의 퀘스트를 주었다.

1. 모든 사람과 연락 끊기

2. 낮과 밤을 바꾸기

3. 유튜브 두 배로 키우기

4. 감명 깊게 본 영화 다시 보기

5. 게임 랭킹 3위 안에 들기

6. 부동산과 재테크 공부하기

7. 자작곡 추가로 만들기 등

1년 동안 이뤄낼 다양한 퀘스트를 만들었다.

그 결과가 어땠냐고? 결론부터 말하자면 완벽한 성공이었다.

퀘스트 1: 모든 사람과 연락 끊기

먼저 '모든 사람과 연락 끊기'를 성공이라고 부를 수 있을지는 모르겠지만, 결과만 놓고 보자면 성공적이라 생각한다. 이상하게도 퇴사하면 가장 먼저 하고 싶었던 게 이거였다. 다시 나만의 게임에 집중하기 위해 기존의 사람들은 끊어낸 채 새로운 시작을 하고 싶었다.

'마케터 박휘웅'은 진정한 내 모습이 아니라고 생각했는데 그 이유는 항상 사회적 가면을 쓴 모습이었기 때문이다. 그래서 그 가면을 쓰고 만난 사람들은 마케터 박휘웅과 관계를 맺은 거지, 인간 박휘웅과 관계를 맺은 게 아니란 생각이었다. 조금 과격한 방법일 수도 있지만 나를 아는 사람들과 잠시 멀어진 채 온전히 나를 탐구하는 시간을 갖고 싶었다.

퀘스트 2: 낮과 밤을 바꾸기

다음은 낮과 밤 바꾸기. 이것도 성공적이었다. 야행성이 되어 성공했다기보다는 굳이 야행성일 필요가 없단 걸 깨달았다. 완벽한 야행성이 되는 것은 퇴사하면 가장 하고 싶었던 일 중 하나였다.

나는 밤의 그 어둡고 적막한 분위기가 너무 좋아 항상 밤을 선호했다. 낮에는 가면을 쓰고 생계를 위해 항상 힘든 일을 버텨냈다면, 밤에는 온전한 내 모습으로 생활했다는 느낌 때문에 더 그럴지 모르겠다.

그래서 나는 낮과 밤을 확실하게 바꿨고 야행성 인간이 되었다. 방에는 항상 암막 커튼을 치고, 어두운 조명만 켜두었다. 한동안은 너무 행복했다. 내가 꿈꾸던 진정한 방구석 덕후의 모습을 실현한 느낌이었다.

하지만 이것도 이내 별 의미가 없다는 생각이 들었다. 퇴사한 후에도 나의 하루는 너무 짧았다. 원래도 꽉 차고 바쁜 하루였지만, 유튜브 작업할 때의 시간은 더더욱 빨리 간다. 다섯 시간, 여섯 시간, 여덟 시간. 시계를 안 보고 쫓겨서 작업하다 보면 시간은 사르르 녹아내린다.

그러다 보면 어느새 해 뜰 시간이 되는데, 문득 이런 생각이 들었다. 내 방은 항상 밤 같은데, 굳이 밤 시간대에 맞춰서 살아야 하나? 항상 밤처럼 살면 밤이 되는 게 아닌가?

또한 6개월 동안 수많은 밤을 지새우다 보니, 회사원일 때 부족했던 밤의 희소성이 더 이상은 느껴지지 않았다. 오히려 시간에 더 쫓기는 모양새가 되어 시간 관리만 어려울 뿐이었다.

그래서 낮을 밤처럼 사는 야행성으로 변하기로 마음먹었다. 내가 낮을 싫어했던 진짜 이유는 햇빛을 싫어하고, 낮에 힘든 일이 많았기 때문이다.

그렇다면 지금처럼 암막 커튼을 쳐놓고 항상 밤처럼 지내면서, 밤은 밤대로 즐기는 게 낫다는 결론을 내렸다. 하루 종일 밤 같은 삶, 너무 편안하고 행복했다.

퀘스트 3: 유튜브 두 배로 키우기

퇴사 후 스스로 퀘스트를 시작하기로 다짐한 순간부터 1분의 시간도 허투루 보내지 않고 작업해서 그런지 작업 효율이 매우 좋았다. 출퇴근도 안 하지, 쓸데없는 회의도 없지, 밥 먹는 시간도 줄어들지, 하루란 시간을 이전보다 훨씬 더 효율적으로 쓸 수 있었다.

잠자기 전에 영화 보고 게임하는 세 시간을 빼고는 하루 종일 컴퓨터에 앉아 유튜브 작업을 했다. 지금 하라고 하면 절대 못할 일이지만, 일주일에 두 개 채널에 영상 네 편을 올렸으니 작업량이 엄청났다.

작품을 만들 듯이 자료를 찾고, 대본을 쓰고, 녹음을 하고, 한 땀 한 땀 편집을 해야 했기 때문이다. 일주일에 영

상 네 편이면 120시간을 업무로 쓰는 건데, 하루에 열두 시간 일한다고 치면 통으로 10일의 시간이 필요했다.

집중을 해서 빠르게 끝내는 영상도 있고, 가끔 일을 더 할 때도 있고, 이런 식으로 한정된 시간 안에서 나를 갈아가면서 일을 했다. 그래도 결과가 좋으니 신이 났다. 올리는 영상들마다 조회 수도 폭발적이었고, 인급동도 자주 가고 두 개의 채널은 1년 만에 두 배로 급성장했다.

나이가 들어간다는 것,
경험치를 쌓아간다는 것의 즐거움

영화 수천 편이 쌓아 올린 간접 경험치

가장 성공적이었던 건 감명 깊게 본 영화를 다시 본 일이었다. 한동안은 챌린지하듯 지루한 예술영화를 힘들게 보다 보니, 영화 보는 시간이 숙제처럼 느껴지기도 했다. 하지만 다시 영화 보는 시간이 즐거워졌고, 내가 진짜 영화를 보는 이유를 다시 깨달았다.

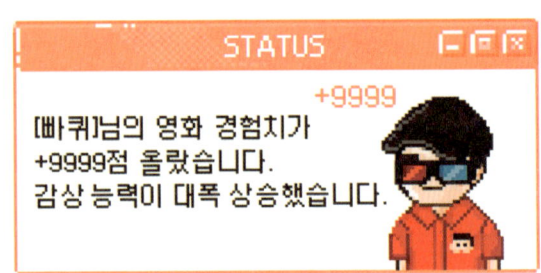

영화 덕후로서 자신 있게 말하자면, 영화도 책 못지않게 새로운 경험을 선물한다. 특히 영화는 두 시간 남짓한 짧은 러닝타임으로 관객에게 효과적인 경험을 선사한다.

TV 속에 갇혀 평생을 산 남자, 자폐증에 걸려 친구가 한 명도 없는 남자, 전쟁통에 첫사랑을 만난 남자, 슈퍼 히어로 등 다양한 인생을 짧은 시간에 경험할 수 있기 때문이다.

영화 속에서 펼쳐지는 거대한 문제, 그리고 어려움을 해결한 사람들을 보다가 내 상황을 보면, 외계로부터 지구를 지켜내는 사람도 있는데 내가 지금 겪는 문제는 꽤나 작게 느껴지기도 했고 여러 문제들을 해결해 나가는 주인공들을 보면, '나도 저렇게 기죽지 않고 살아야지'라는 다짐도 하게 된다.

또 영화가 전달하는 경험의 변주가 다양하다. 단순한 즐거움을 선사하는 영화가 있는가 하면, 인생 철학을 생각하게 하는 영화가 있고, 엄청난 창의성으로 상상의 폭을 넓혀주는 영화도 있다.

이렇게 지난 20년간 봤던 몇천 편의 영화들이 나의 다양한 간접 경험치를 쌓아줬고 나를 더욱 단단하게 하는, 때로는 감성적으로 만드는 자양분이 됐음을 다시 한번 느꼈다.

'나이 듦'이 주는 즐거움

좋았던 영화 다시 보기는 나에게 또 다른 즐거움을 선사했다. 열다섯 살 때 본 〈트루먼 쇼〉와 스물다섯 살 때 본 〈트루먼 쇼〉, 서른다섯 살 때

본 〈트루먼 쇼〉는 모두 다른 작품처럼 다가왔기 때문이다.

열다섯 살 때는 내 세상도 가짜일 수도 있다는 충격을, 스물다섯에는 '내가 트루먼이라면 어떤 선택을 했을까?'라는 상상을, 서른다섯에는 트루먼이 너무 가엾고 대견해서 계속 눈물만 났다. 왜 영화 시작부터 끝까지 엉엉 울면서 봤는지는 아직도 모르겠다.

〈파이트 클럽〉, 〈뷰티풀 마인드〉, 〈배트맨 리턴즈〉, 〈어바웃 어 보이〉, 〈패왕별희〉 등 다양한 장르의 수많은 영화를 다시 보기를 하면서 새로운 감상을 느끼게 되었다.

이는 나아가 나이 먹는 것의 즐거움도 느끼게 했다. 나이에 따라 영화를 보는 시각이 달라져 같은 영화를 봐도 또 다른 느낌과 생각이 들었다. 내 인생에 아주 큰 부분을 차지하는 영화를, 경험이 쌓일수록 더 재미있고 더 폭넓게 감상할 수 있다는 것은 엄청난 행복이었다.

60이 됐을 때, 70이 됐을 때의 감상도 또 다르리라. 앞으로 2시간×365일×40년 = 29,200시간이라는 긴 시간을 온전히 이해하고 몰입해서 즐길 수 있다는 것은 너무도 감사한 일 아닌가?

이외에도 게임을 더 열심히 해서 랭킹 3위까지 찍었고, 자작곡들의 수는 늘어갔으며, 부동산과 주식 등 재테크에 대한 시야도 확실히 넓혔다.

퇴사 후 나를 알아가는 6개월의 시간은 너무나 값진 시간이었다. 많은 사람들이 여행을 가거나 역경에 도전하면서 자신을 알아간다지만, 이미 살아가는 게 보이지 않는 투쟁이고 여행이었다. 방 안에서도 충분히 나를 배워갈 방법이 있었다.

나는 뭘 위해 살아온 거지? 뭘 좋아하지? 뭘 위해 살아가야 하지? 그동안 고민하던 질문에 대해 나는 많은 퀘스트를 성공한 뒤 확실한 답을 얻었다. 이름 앞에 회사 명함이 사라지자 모두 물거품이 된 줄 알았는데, 모든 건 차곡차곡 쌓이고 있었다.

처음으로 내 안의 경험치와 레벨이 어느 정도 쌓였는지 체감할 수 있는 시간이었다. 나는 맷집도 강해지고, 감수성도 더 높아졌고, 지식도 많아지고, 경험치도 높아졌다. 과거에 비해 확실히 성장한 단단한 박휘웅이 되어 있었다.

6개월간 나를 탐구하는 시간은 그렇게 마무리됐다. 남들에게 보여주고, 남과 경쟁하려 하고, 인정받으려 하지 말자. '나'에게 집중하고, '나'와 경쟁하고, '나'에게 인정받는 삶을 살자. '나'로 하루를 꽉 채우고, 그

꽉 채운 하루하루를 쌓아가자. 그게 결국 행복이고, 내 삶의 이유니까 말이다.

이렇게 나의 게임은 같은 스테이지에서 전혀 다른 방향으로 리셋되었다.

덕후 M케터 박휘웅, 칭찬해

나를 파고드니 정리가 되다

나에 대해 탐구하고, 내가 왜 사는지 덕후처럼 파고들고 탐구하다 보니 내가 뭘 좋아하는 사람이고, 뭘 잘하는 사람이고, 무엇에 행복을 느끼는 사람인지 정리가 됐다. 그리고 그동안 피하고 미뤄뒀던 일들을 하

게 됐다. 나를 사랑하고 보듬어 주기였다.

내게 가장 쉬운 일은 나를 학대하는 거였다. 왜 이것밖에 하지 못했지? 왜 이 부분은 더 잘하지 못한 거야? 일을 할 때도, 영화를 볼 때도, 게임을 할 때도, 덕질을 할 때도, 늘 나에게 채찍질만 해왔다. 6개월 동안 나를 탐구하고 뚜껑을 열어 보니, 내 세상은 자기 학대로 가득 차 있었다.

본캐의 나는, 일을 하기 위해 가면을 쓴 것이기 때문에 나답지 않아서 좋아하지 않았다. 부캐의 나는, 그저 덕후로 보이니, 오히려 나다워서 좋아하지 않았다. 짱구 유튜버, 짱구 덕후, 영화 덕후, 게임 덕후 등등 내가 덕후인 점은 충분히 자랑스럽지만 뜨겁게 고민해서 만들어 낸 내 성과가 "네가 덕후라서 당연한 거야"로 뭉뚱그려지는 경우가 많아 자꾸 선을 그으려 했던 것 같다.

두 가지 모습 다 내 모습이거늘

마침내 인정받아야 한다는 마음을 내려놓고 바라보니, 그동안 내가 왜 그렇게까지 했나 싶은 생각이 들었다. 사회인으로서의 나도, 덕후로서의 나도, 모두 나 자신인데 왜 이렇게 나 자신을 부정했을까? 더 이상 나를 둘로 나누지 않고, 새로운 나다움을 정의하기로 했다. 마케터이자 MD로서의 나, 덕후 유튜버인 나, 모두 잘해왔고 충분히 칭찬받을 만했다. 이 두 캐릭터가 하루하루 치열하게 노력해 온 것들이 시너지를 내서, 지금의 결과가 나온 것이기 때문이다.

덕후 M케터(MD+마케터)로서의 나를 스스로 인정해 주기로 했다. 그리고 남들에 비해 뛰어난 부분들을 칭찬해 주며 걱정을 조금 덜어 놓기로 했다. 나에게는 아이디어와 트렌드를 읽는 센스가 있었고 그것들이 발현되어 지금까지 잘해온 것이기 때문이다.

그리고 1년이나 2년 후를 미리 고민하지 않기로 했다. 7년 전의 내가 초고속 승진을 할지, 50개의 페이지를 운영하는 인플루언서가 될지, TV에 나올지, 회사를 그만둘지, 그리고 유튜버가 될지 그 누가 알았을까?

나다움은 덕후스러움이었고, 그 덕후스러움은 끝까지 파고드는 끈기를 줬으며, 끈기 있게 목표를 성취해 내기 위해 물불을 가리지 않는 용기를 주었다. 처음부터 나는 덕후였고, 마케터였고, MD였고, 박휘웅이었다.

일기를 쓰면서 그간 노력한 나를 스스로 인정하자 눈물이 터져 나왔다. 그래, 나는 덕후여서 잘된 게 맞았다. 나답게 살아서 이렇게 잘된 게 맞다.

회사에서의 성과? 인맥? 모두 내가 차곡차곡 쌓아온 것들이고 흘러가지만은 않았다. 더 이상 M케터의 나, 덕후의 나를 구분 짓지 않기로 했다.

게임으로 치면 퓨전이라고 할까? 내 세상은 더 견고해졌다. 그렇게 덕후 M케터 빠퀴의 새로운 스테이지가 시작된 것이다.

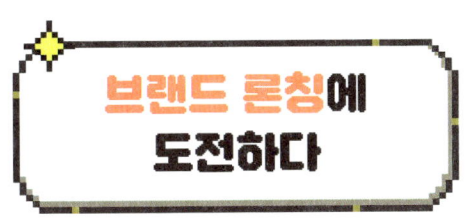

증명에서 인정으로

이렇게 나를 인정하고 알아가는 과정을 거치니 다음 단계는 빠르게 진행됐다. 그동안 나에게 브레이크를 걸고 있던 건 본캐와 부캐 각각의 자아였기 때문이다.

퇴사를 하고 나서도 나는 무언가에게 무의식적으로 자꾸 증명받으려고 했다. 얼떨결에 애니 채널을 개설했지만, 애니메이션이 아닌 다른 것도 잘할 수 있다는 걸 증명하기 위해 2채널을 개설했다. "저 덕후 또 캐릭터로 돈 벌어?" 이 얘기를 듣고 싶지 않았던 것도 같다.

그래서 캐릭터 사업 말고 다른 걸로도 잘할 수 있다는 것을 보여주고 싶었다. 카페 창업도 알아보고 라이프 스타일 브랜드나 의류 브랜드 사업도 공부해 봤지만, 기대 성과가 불분명하니 사업 준비는 계속 붕

떴다.

하지만 나는 당시 기준 40만 명의 국내 최대 애니 채널을 가지고 있었고, 컬래버레이션 상품 MD 및 마케팅 경험도 많고, 쌓아온 네트워크도 있고, 좋은 소싱처도 있었다. 캐릭터 사업을 반드시 해야 하는 것처럼 모든 게 준비되어 있었지만 계속해서 외면해 왔다.

나는 누구한테 무얼 증명하고 싶었던 거지? 그저 휩쓸려 사라져 버릴 사람들? 아니면 우리 가족들? 아니면 나를 덕후라고 부르는 미상의 사람들? 모두 아니었다.

나 자신이 성장하면 됐고, 나 자신이 인정해 주면 되는 일이었다. 잘할 수 있는 지름길이 여기 있는데, 자꾸 스스로 브레이크를 걸고 누군가에게 새로운 걸 증명해 보이려 하니 진행이 더딜 수밖에 없던 것이다.

시작은 캐릭터 사업

결국 내가 가장 잘할 수 있고 재밌어하는 캐릭터 사업을 시작하기로 했다. 50억 매출? 100억 매출? 누군가에게 증명하려 일하지 말고 가볍게 시작해 보자.

어떤 IP에 도전해야 할까? 첫 IP인 만큼 임팩트 있게 출시해야 했다. 첫 단추가 잘 꿰어져야 두 번째, 세 번째 프로젝트도 가능한 거지, 처음에 실패할 경우 이도 저도 안 될 것이기 때문이다.

가장 먼저 떠오른 건 당연히 짱구였다. 짱구로는 안 해본 게 없을 정도여서 아이디어 내는 게 비교적 어려웠다. 그래서 100개의 IP를 분석

해 SNS 버즈량, 검색량 등을 수치화하며 매달 업데이트했지만 국내에 에이전시가 없는 IP가 대다수였고, 높은 순위에 있는 IP들은 이미 다 해 본 것이었다.

그러던 어느 날 빠퀴 채널에 영화 〈너의 이름은〉 비하인드 분석 영상을 만들었다. 이게 웬걸? 그 영상은 하루 만에 50만 조회 수를 달성하며, 인급동까지 올랐다. 사실 내가 엄청 재미있게 본 영화는 아니어서, 이렇게까지 반응 좋을 일인가? 싶었다.

그때 다시 한번 아이디어가 떠올랐다. 이거다. 〈너의 이름은〉을 생각하면 잠옷, 티셔츠, 원피스 등 바로 떠오르는 상품들이 많았고, 작품의 흥행에 비해 이상하리만치 상품화는 되지 않았다. 충분히 대중적이면서도 팬덤도 많은 〈너의 이름은〉으로 덕심을 자극할 만한 제품을 제작하면, 영상 조회 수 이상의 파급력이 오겠구나 감이 딱 왔다.

그날 바로 국내 에이전시에 연락을 했다. 당시 상황을 설명하자면, 나는 법인 정도만 설립하고 브랜드명도 정하지 않은 상태였다. 말 그대로 맨땅에 헤딩이었지만, 대표님이 그간의 컬래버레이션 포트폴리오와 도합 60만 유튜버인 점을 신뢰해 주셨고 다행히 계약을 성사시킬 수 있었다.

그러던 중 신카이 마코토 감독의 영화 〈스즈메의 문단속〉이 개봉한다는 소식을 듣게 됐다. 그렇다면 〈너의 이름은〉과 〈스즈메의 문단속〉을 묶어서 제품을 제작해 보면 좋겠단 생각이 들었다.

신카이 마코토 감독의 이전 작인 〈날씨의 아이〉가 코로나 여파로 인해 전작만큼 큰 흥행을 하지 못해서 그런지, 업계에서 〈스즈메의 문단속〉이 크게 흥행할 거라고 기대하지 않았다. 당연히 컬래버레이션 제안도 우리가 최초였고, 좋은 기회로 〈너의 이름은〉, 〈스즈메의 문단속〉 두 IP를 같이 진행하게 됐다. 그렇게 첫 프로젝트가 시작됐다.

댄꼼마는 어른이들을 위한 캐릭터 라이프 스타일 브랜드입니다

어른이들의 쉼표 같은 브랜드

법인을 새로 만들고, 브랜드를 론칭한다는 것은 생각보다 손이 많이 가는 일이었다. 많은 걸 해 본 나였지만 행정적인 것, 서류 업무, 세무,

회계, 온라인 운영 등은 전문 분야가 아니었기 때문이다.

브랜드 이름을 뭐라고 짓지? 100개가 넘는 후보가 있었지만, 내가 결정한 건 댄꼼마였다. 댄은 내 영어 이름이고, 꼼마는 쉼표로 댄의 쉼표라는 뜻이다. 세상에 나 같은 수많은 어른이들을 위한 '쉼표=덕질'을 주는 브랜드가 되고 싶었다.

아이템은 기존 의류뿐만 아니라 식기, 팬시, 리빙 등 전 라이프 스타일 아이템을 다루는 캐릭터 라이프 스타일 브랜드를 지향했다. 기존의 컬래버레이션 시장은 의류 브랜드에서 하면 의류 상품만 나오고, 식기 브랜드에서 하면 식기 상품만 나오다가 단종되는 식이었다.

브랜드와 그 브랜드의 기존 상품군이 중심이 돼서 아이템이 나오다 보니 다채롭지 못했고, 나올 수 있는 아이디어도 한정적이었다. 내가 전 회사에 있을 때 아쉬웠던 점이 바로 그것이었다.

예를 들어 〈드래곤볼〉 컬래버레이션을 한다면, 드래곤볼 모양의 무드등을 만드는 게 가장 효과적이고 판매가 잘될 수 있었겠지만 의류 브랜드에서는 잠옷, 티셔츠 등 의류에 한정해 제품을 출시할 수밖에 없던

것이다. 한 IP를 기준으로 다양한 아이템의 한 판을 보여주고 싶었다. 이 IP의 가능성이 100이라면 110까지는 보여주고 싶었던 것이다.

조금 더 희망 사항을 보태자면 캐릭터계의 무인양품 같은 브랜드가 되고 싶달까? 무인양품 같은 생활용품 전반에 캐릭터들을 입히는 것이다. 의류부터 식기, 이불, 인테리어 소품까지 실용적인 굿즈로 덕후 고객들의 방을 꽉 채우는 게 목표였다. 오프라인으로는 캐릭터 카페 결합 복합 공간, 향후에는 무지 호텔처럼 숙박 서비스까지 제공하는 그런 브랜드를 꿈꾸고 있다.

파티원 구성

마지막으로는 새로운 스테이지를 함께할 파티원, 즉 팀원이 필요했다. 내 몸은 효율적으로 일을 할 수 있게 재택에 익숙해졌기 때문에 다

시 회사로 출근할 수 없었다. 재택 근무는 나와 맞지 않는 사람들을 안 봐도 되고, 쓸데없는 감정 소비도 안 해도 되고, 출퇴근도 안 해도 되고, 그냥 하루 종일 내 일만 집중하면 돼서 효율이 너무 좋았기 때문이다.

그럼 재택 체제여도 믿을 수 있는 사람이 필요했는데 그때 딱 다섯 사람이 떠올랐다. MD 겸 마케터로는 내가 브랜드에 있을 때 인턴으로 함께 일했던 후배 MJ가 함께하기로 했다. 항상 묵묵하게 일하는 인성 좋은 친구였고, 지금도 그 선택에는 후회가 없다.

소싱에는 이전에 일했을 때 친하게 지내던 CK 이사님을 모셨다. 내가 부족한 부분인 숫자나 계획 부분을 보완해 줄 수 있는 분인데다 책임 감도 강하고, 나와도 무척 잘 맞았기 때문이다. 첫 프로젝트 때는 프리랜서로 함께하다가 1년간의 설득 끝에 팀에 합류했다.

디자이너는 최소 두 명이 필요한 상황이라 문제였는데, 아무나 뽑을 수는 없었다. 무조건 뉴콘텐츠팀 때 같이 일했던 MJ, JH와 함께 일하고 싶어 자리를 1년간 비워두고 프리랜서 디자이너들과 함께했다. 그러다 CJ를 채용해 빠퀴 크루의 퍼즐을 거의 맞췄다.

업무 구조가 브랜드 사업 쪽으로 기울면서, 기존 유튜브 채널 운영 방식도 바꿔야 했다. 내가 유튜브까지 다 할 수는 없는 상황이었기 때문에 PD도 채용해야 했다.

PD 업무는 내가 본 사람 중에 가장 책임감이 강하고 인성이 좋은 JC에게 맡겼다. 사실 JC는 PD 업무를 해본 적이 없어 영상 편집도 할 줄 몰랐지만, 그간 지켜본 모습에서 PD 일도 잘할 거란 확신이 있었다.

끊임없이 영상을 잘 만들려고 탐구하고 공부하던 JC는 지금은 웬만한 방송국 PD 못지않게 편집 및 기획을 잘하고 있다. 지금도 영상 전반적 기획부터 편집까지 맡아 운영해 줘서 내가 브랜드 운영에 집중할 수 있게 큰 도움을 주고 있다.

이렇듯 가장 중요한 부분인 팀원이 믿을 만한 사람들로 구성되니, 나는 내 업무에 집중하게 됐고 전 직원 모두 원활히 재택 근무를 하고 있다. 요즘 많은 기업들이 재택 근무를 줄이고 있는데 이렇게 말하고 싶다. 재택 근무? 왜 안 되는데요?

LV. 7

내 꿈은 세계 최고의
덕후 전문가

덕질의 끝은 순정이어라.

체력	500
맷집	999
지능	800
기품	700
매력	999
도덕심	999
업보	500
감수성	999

덕후평가	
마케팅평가	
MD평가	
리더십평가	

Lv.36
박휘웅 ☆ 빠퀴

사업가, 유튜버, 가수, 영화광, 게임 랭커

덕력	999
관종력	999
독기	999
항마력	999

예의범절	
예술	
화술	
요리	
청소 세탁	
성품	

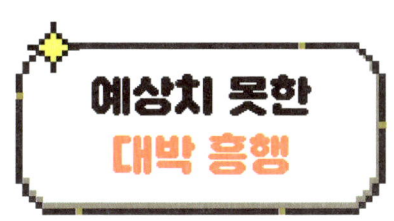

또 한 번 찾아온 짜릿한 아이디어의 순간

상품 기획을 위해 영화 〈스즈메의 문단속〉을 개봉 몇 달 전에 봤다. 이건 100% 흥행한다는 확신이 들었다. 기존 신카이 마코토 감독의 작품과 다르게 훨씬 스펙터클하고 속도감 있으며, 한창 때의 지브리 작품 느낌도 났기 때문이다. 지진을 소재로 한 작품이긴 하지만, 우리나라 감성과도 잘 맞을 것 같았다.

영화는 생각보다 재미있었고, 모티브를 삼을 게 많아 흥분되는 마음을 감출 수 없었다. 이 영화에 베팅해야겠다는 촉이 탁 하고 찾아왔다. 불현듯 아이디어가 찾아오는 순간은 일하면서 가장 짜릿한 순간이다.

먼저 〈스즈메의 문단속〉을 보고 가장 인상 깊었던 목걸이를 착용할 수 있게 기획했다. 모양은 최대한 살리고, 펜던트의 크기는 착용 가능하게 줄이고, 가운데에는 블루 다이아몬드를 넣어 소장 가치를 높였다.

주얼리는 처음 해보는 거라 맨땅에 헤딩하는 느낌이었지만, 업체를 30군데 이상 컨택하면서 결에 맞는 업체를 선정했다. "HE CAN DO, SHE CAN DO, WHY NOT ME?" 정신이 빛을 발하는 순간이었다.

신카이 마코토 감독의 가장 큰 특징은 '빛의 마술사'라고 불릴 정도로 풍경을 화려하게 잘 살린다는 점이었다. 그 푸릇푸릇한 감성을 살리기 위해 하늘하늘한 시폰 포스터 2종을 기획했고, 잠옷, 티셔츠 등 의류도 기획했다.

물론 난항은 있었다. 예상은 했지만 원작사와의 소통이 가장 어려웠다. 충분히 원작사의 세계관을 이해하고 존중해야 하고, 상품성도 살리는 기획을 해야 했기 때문이다.

스무 개의 제품을 기획했지만 아쉽게도 출시된 건 여섯 개의 제품뿐이었다. 아쉬움이 남았지만 준비한 것을 잘 출시하자고 마음을 다잡았다. 그것보다 문제가 됐던 건 예산이었다. 아무리 영화가 흥행할 것 같다고 해도, 초기에 큰 발주액을 투자하기엔 리스크가 있었다. 그렇다고 너무 적게 발주하면 판매 기회를 놓치기 마련이다.

비용 리스크를 최소화할 수 있는 방법이 있을까? 고민하던 중 크라우드 펀딩 플랫폼을 발견했다. 이런 플랫폼이 있다는 건 알고 있었지만 들어가 보니 신세계였다. 프로젝트들은 한정성을 강조하며 하루 이틀 만에 1억, 2억의 매출을 올리는 등 웬만한 플랫폼 저리 가라 하는 폭발력을 보여줬다.

브랜드 입장에서는 너무 좋은 게, 잘만 기획하면 폭발력도 있지, 주문 후 생산 시스템으로 제조 자금을 미리 받아 충당할 수 있지, 사실상 리스크가 0에 가까웠기 때문에 선택하지 않을 이유가 없었다. 그렇게 제품 첫 출시 플랫폼을 펀딩 플랫폼으로 선택했다.

폭발적 반응 그리고 '댄꼼마의 문단속'

마케팅에도 큰 힘을 쏟았다. 첫 프로젝트부터 실패하면 캐릭터 브랜드 사업을 이어가기에 당연히 어려움이 있을 것으로 예상했다. 사업은 기세다. 첫 프로젝트를 어떻게해서든 성공시키기 위해 신입 사원 때의 마인드로 홍보를 하고 바이럴을 했다.

광고는 일본풍에 시원한 배경에서 진행하고 싶어서 원작을 최대한 참고했고, 영화 풍경(빛이 주는 느낌)을 최대한 살려서 촬영했다. 이 정도면 다시 과거로 돌아가도 그 이상은 열심히 못 하겠다 싶을 정도로 온 힘을 다해 홍보했다.

〈스즈메의 문단속〉은 예상보다 높은 평가를 받으며 엄청난 흥행을 했고, 그 관심은 출시 당시 단 하나의 컬래버레이션이었던 우리에게 집중됐다. 브랜드 SNS 첫 게시물이었지만, 순식간에 인스타그램·트위터 팔로워 각각 3천 명을 모으며 폭발적인 반응이었다. 역시 상품이 좋으니 알아서 바이럴이 되었고, 기획의 중요성을 다시 한번 체감하는 순간이었다.

극장에서도 흥행을 예상하지 못한 건 마찬가지였는데 L사, C사에서도 콤보 상품을 완전히 준비하지 못해 우리 제품을 사입해 갔다. 펀딩 시작하기 전 콤보로만 2,000개가 완판되며 추진 동력을 얻게 된 것이다.

대망의 오픈 당일, 오픈 알림 신청만 2만 명으로 해당 플랫폼 신기록을 달성하며 기대치를 높였다. 이 수치가 과연 매출로 얼마나 연결될지는 알 수 없었지만 손익분기점만 넘기를 바랄 뿐이었다.

당일에는 일을 할 수 없을 정도로 온갖 고민과 걱정에 휩싸였다. 브랜드를 나와서 처음으로 진행해 보는 프로젝트이기도 했고, 브랜딩이 전혀 없는 신생 브랜드가 높은 매출을 해낸다는 게 객관적으로는 불가능에 가까운 영역이었기 때문이다.

그렇게 펀딩이 오픈되고, 예상치 못한 폭발적인 반응에 놀랄 수밖에 없었다. 순식간에 수만 명이 몰리자, 해당 사이트의 서버가 다운되기도 했다. '댄꼼마의 문단속'으로 바이럴이 되며 트위터 실시간 트렌드 순위에 오를 정도로 큰 반응을 끌었다.

결국 한 시간 만에 2억 원을 달성했고, 하루 만에 4억 원을 달성해 예상치 못한 성공을 거뒀다. 펀딩은 롱런하면서 7.5억 원으로 마감하며 대박이라고 부를 수 있을 만큼의 성공으로 끝이 났다.

내가 만든 브랜드, 그리고 상품의 성공은 나에게 기존과는 비교할 수 없는 짜릿함을 선물했다. 그렇게 저자본으로 도전했던 브랜드 오픈이 성황리에 마무리됐다.

대표가
된다는 것

호황의 파도 위에서

스즈메의 바람은 생각보다 컸다. 1차 때 미처 출시하지 못했던 상품은 2차, 3차 순차적으로 출시했고 모두 출시하기가 바쁘게 완판을 기록했기 때문이다.

예상치 못했던 〈스즈메의 문단속〉의 흥행, 그리고 댄꼼마의 펀딩 성공은 두 번째 프로젝트를 진행하는 데 훨씬 쉬운 환경을 만들어 줬다. 동아일보 등 다양한 매거진에서 인터뷰 요청이 왔고, 캐릭터 업계에서도 다양한 컬래버레이션 러브 콜이 왔다. 사실상 제안 들어온 것을 골라서 계약하는 수준이다 보니 다음 계약들 역시 어렵지 않게 진행할 수 있었다.

첫 주문이 3만 개가 넘다 보니, 택배사와도 유리한 조건에 계약할 수 있었고 자금 조달까지 단번에 해결되면서, 자금 운영에 대한 걱정이 크게 줄어들었다. 사업이라는 파도가 다시 한번 휘몰아쳐 내가 노를 저을 수밖에 없게 하고, 사업을 확장하라고 등 떠미는 느낌이었다.

다음 컬래버레이션은 내 숙원 사업이었던 짱구였다. 짱구 잠옷부터 〈원피스〉, 〈빨강머리 앤〉 등 다양한 프로젝트를 함께한 JR 부장님과 다시금 일하게 되면서 식기·의류 등 영세 브랜드가 맡기 힘든 메인 카테고리 아이템을 잘 협의해 계약할 수 있었다.

어떤 제품을 만들어야 할까? 작년과는 달리 아이디어가 마구 샘솟았다.

기존 의류와 주얼리에서 식기·리빙 등으로 카테고리가 확장되니 새로운 소싱 업체를 찾고 합을 맞추는 데 어려움은 있었지만 무사히 해냈다.

물론 그 과정에서 부침이 없던 건 아니다. 샘플링 하다가 돈만 받고 도망간 업체도 있었고, 티셔츠의 경우 야광 구현에 큰 어려움이 있어 샘플 제작만 열 번을 진행했다.

이외에도 정말 많은 사고가 생겼지만, 번아웃과 마찬가지로 사고 역시 친구 같은 느낌이다. 또 왔냐? 싶을 정도로 날이면 날마다 사고는 찾아왔지만, 긍정적인 마인드로 잘 해결해 나갔다. 다행히 짱구로 진행한 두 번째 펀딩도 높은 성과를 달성했고, 3차 펀딩 역시 목표를 크게 상회하며 성공을 이어갔다.

폭풍의 눈 안에서

왜 잘 되지?

그쯤 되니 이런 궁금증이 생겼다. 힘들다는 군 생활도 별 탈 없이 재미있게 보냈고, 그 어렵다는 취업도 한 번에 여러 군데를 붙어 골라서 입사했고, 회사 생활도 모든 직급을 조기 승진하며 높은 연봉을 받았고, 얼떨결에 시작한 유튜브는 이즈음엔 도합 70만 명이라는 구독자를 모았다. 그리고 처음 하는 사업은

하늘에서 기회라도 준 듯, 모든 부분이 잘 맞으며 시작부터 잘됐다.

하지만 계속되는 성공에 내 안에선 의구심과 불안감만 커져갔다. 이

러다 큰 사고를 당해 인생이 한 방에 끝나진 않을까? 언젠가 한 번 크게 고꾸라지진 않을까?

그렇게 설마하던 일이 결국 찾아오고 말았다. 그것도 엄청 크게 말이다. 나의 안일함과 찰나의 신중하지 못한 선택들이 쌓이고 쌓여 예상치 못한 순간에 나를 덮쳤다.

사실 위기 의식을 느끼기는 어려웠다. 나는 언제나와 같이 모든 프로젝트에 온 힘을 쏟아왔고, 하나하나 실패하지 않으려고 엄청난 노력을 했기 때문이다. 하지만 그건 회사에서나 통하는 논리였다.

회사에서는 내가 기획·마케팅·영업만 하면 아무 문제없이 굴러갔지만, 사업은 그렇지 않았다. 자금 계획을 매우 보수적으로 세밀하게 세워야 하고, 그 외의 행정 업무·영업 업무·CS 업무도 철저하게 직접 해내야 했다. 그중 하나라도 놓치거나 늦장을 부리면 해결해 주는 사람은 없다.

회사원이 아닌 CEO로서 모든 일에 책임을 지고, 모든 일을 직접 해결해야만 했다. 하지만 나는 어느새 신생 브랜드의 대표가 아닌 대기업에서 일하던 회사원처럼 일하고 있었다.

특유의 긍정적인 성격도 브랜드 운영에 큰 독이 되었다. 기존에 계획한 일정이 지연되어도 좋게 좋게 생각했던 것이다. 계속 론칭이 지연되면서 2024년 상반기에는 제대로 된 프로젝트를 하나도 론칭하지 못했는데, 그때도 위기 의식을 갖지 못했다. 이런 안일한 생각으로 상반기 매출이 비는 것에 대한 대비가 전혀 없었던 것이다.

그 당시 정규직은 나 포함 세 명이었는데 동시에 진행하는 프로젝트는 열두 개에 달했다. 그러다 보니 개발하는 제품들도 기하급수적으로 늘어나면서 열 개의 라이선스를 다루며 제품 디자인은 400개 이상을 뽑아내고 있었다. 단순히 산술적으로만 봐도 진행이 불가능한 수준이었다.

"너무 예쁘다."

"이거 잘 될 것 같지 않아?"

팀원들과 의견을 주고받으며 재미있게 일했지만 대표가 아닌 마케터나 MD처럼 일했던 것이다. 대표면 대표답게 큰 그림 안에서 출시 계획과 자금 운용 계획을 세우고 그걸 반드시 지켰어야 했다. 그때는 미처 몰랐다. 내가 폭풍의 눈 안에 있었다는 것을 말이다.

도미노처럼 무너지다

문제는 7월부터 발생했다. 밀린 출시 프로젝트들이 몰려 2주에 한 개씩 론칭을 해야 했고, 각 프로젝트에 대한 집중도가 떨어질 수밖에 없었다. 실패하는 프로젝트도 생겼고, 어떤 것은 예상보다 너무 잘돼서 그대로 또 문제가 됐다. 잘되면 잘되는 대로 힘들었고, 안 되면 안 되는 대로 힘이 들었다.

그제야 사업을 운영하는 데 '긍정성'은 양날의 검인 것을 깨달았다. 내 무기라고 생각했던 긍정은 어느새 내 목을 아주 가까이에서 겨누고 있었다.

커져 버린 사업의 파도는 멈출 수도, 잠시 쉬어갈 수도 없었다. 멈추

는 순간 휩쓸려 더 큰 문제를 낳을 것이 분명했고, 그 문제 역시 내가 해결해야 했기 때문이다.

결국 6개월간의 계획 없는 경영으로 자잘한 문제들이 쌓여 크나큰 문제로 나를 덮치고 말았다. 깨져버린 멘탈을 잡으려고 노력했지만, 사업은 현실이었다. 정신 승리로는 되는 것이 없고, 직접 움직여서 하나하나 다 처리해야 했다.

안 좋은 일들은 몰려서 온다고 하지 않나? 그런 상황에서 리빙 제품 소싱에 문제가 생기면서 무너질 수밖에 없었다. 일부 공장은 홍수로 침수가 되어 전량 폐기하고 처음부터 제작을 해야 했고, 열 개 제품 중 일곱 개의 납기를 지키지 못했다.

짧게는 2주, 길게는 6주 제품이 늦어지면서, 고객에게 엄청난 클레임을 받았다. 그 와중에 다른 프로젝트도 계속 진행되며 크고 작은 문제들을 만들었다. 태어나서 처음으로 해결할 수 없는 문제들에 봉착하자 엄청난 무기력감이 나를 감쌌다.

월마다 억대의 돈이 들어오고, 순식간에 그보다 더 큰 억대의 금액이 사르르 녹아 없어지는 경험은 언제 봐도 아찔하다. 유튜브 역시 제대로 집중을 못 하는 상황이 오자, 업로드 횟수가 줄고 조회 수가 현저히 떨어지며 하락세를 겪었다.

내가 사업을 너무 쉽게 생각하고 대책 없이 일을 벌였구나. 그제서야 크게 잘못됐음을 인식한 것이다.

GAME OVER

그때 내 어깨 위는 마치 우주가 짓누르는 느낌이었다. 내가 상상할 수 있는 가장 무거운 것이 우주였다. 그렇게 짓눌려 아무런 생각도, 아무런 움직임도 할 수 없었다. 그냥 그대로 짓눌려 침대로 빨려 들어가고 싶은 마음뿐이었다. 정신 차리고 앉아서 하루하루 문제를 해결해 보려 했지만, 기력이 없어 금방 눕고 말았다.

머리에도 뭔가가 들어올 공간이 없어 그 좋아하는 영화를 보는 것도, 머리 써서 게임을 하는 것도 할 수 없었다. 어떻게 일을 했는지 아직도 기억이 나지 않는다.

스트레스를 야식으로 풀다 보니 난생처음으로 8kg이 찌기도 했다. 살면서 한 번도 해본 적 없는 멍 때리기를 하고, 살까지 훅 쪄버리니 절망스러웠다. 그렇게 나는 동굴 안에 갇혀 쓰러져 버렸다. 이번 스테이지는 GAME OVER다.

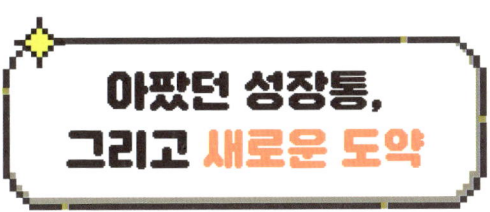

새로운 스테이지로 리셋

BEST FRIEND

휘웅아.. 밖으로 나와
우리 다시 잘 해보자

...

(사실 무서워요..)

　유일한 삶의 즐거움은 고양이 두 마리뿐, 눈뜨고 감을 때까지 고양
이에게 의지하며 겨우 버텼다. 그래도 죽으라는 법은 없는지 이 시기에

CK 이사님이 큰 힘이 되었다.

이 시점에 CK 이사님이 정식으로 합류했다. 나의 부족한 점인 관리 및 운영을 전적으로 맡으며 전체적인 스케줄을 재정비했다. CK 이사님은 나 대신 직원들을 관리하고, 업체들과 소통하며 문제 해결을 하려 노력했고, 스케줄을 정상화하려고 노력했다.

또한 동굴에 갇힌 나를 꺼내기 위해 노력해 주셨다. 내가 큰 회사에서 모시고 와놓고, 오시자마자 내가 이렇게 뻗어버리다니 죄송한 마음뿐이었다.

얼마 동안이나 어두운 시간을 보냈을까? 내 문제를 해결할 건 나밖에 없었다. 이제 난 대표고 더 이상 MD, 마케터의 작은 시야로 일해서는 안 됐다. 덕후의 부업인 유튜브 또한 자아 실현 정도로 가볍게 생각할 것이 아니라, 필사즉생의 각오로 임해야 했다.

먼저 그동안 회피해 왔던 실패를 정면에서 마주하기로 했다. 다음 스테이지를 새롭게 시작하기 위해, 실패한 프로젝트들은 인정하고 정리하기로 마음먹었다. 또한 24년 상반기에는 거의 모든 라인업이 밀리며 매출이 없다시피 했는데, 그런 일이 다시 반복되지 않도록 25년 1월부터는 출시 일정을 빽빽하게 잡고 절대 늦추지 않겠다고 다짐했다.

마지막으로 귀찮다는 이유로 미뤄오던 단독 팝업 스토어도 진행하기로 했다. 신생 브랜드인 우리에게 대형 유통사들이 팝업을 제안하는 것은 무척 드문 기회였는데, 힘들다는 핑계로 뭉개기만 했던 것이다. 여러 백화점에서 받았던 제안들을 다시 검토하며 그중 우리 브랜드와 조건이 가장 잘 맞고 고객층도 잘 맞는 A사 홍대점 1층에서 첫 팝업 스토어를 열기로 했다.

전환점: 팝업 스토어

팝업 스토어는 나에게 새로운 전환점이었다. 그 시점에 기존의 계약 일곱 개가 종료되고, 새로운 라이선스들을 시도했기 때문이다. 또한 '내가 왜 이 사업을 시작했지?', '나는 어떤 사람이 되려고 했지?'와 같은 초심을 매일 떠올리며 마음속에 다시 새겼다. 그렇게 캐릭터 라이프스타일 브랜드라는 콘셉트 아래, 대중적이면서도 덕심을 저격하는 단단한 MD 구성으로 매장을 기획했다.

팝업 스토어는 댄꼼마의 키 컬러에 맞춰 연출물을 통일감 있게 배치하고, 브랜드의 톤앤매너 안에서 캐릭터들이 자연스럽게 플레이하는 듯한 분위기로 꾸몄다. 그리고 사람들을 매장으로 이끌 핵심 아이템은 2025년 트렌드였던 K 코어를 적용해 완성도를 높였다. 기존에 잘 나가던 짱구 식기라는 아이템에 짱구 한복 아트워크, 전통 자개 프린팅의 콘셉트를 더해 짱구 자개 컵이 탄생했다.

이외에도 짱구 자개 쇼핑백, 한복 스마트톡 등의 한국 콘셉트 아이템을 추가했고, 당시 밈으로 유행하던 통통통사후르 AI 밈을 국내 최초 굿즈로 만들어 제작했다. 〈스폰지밥 네모바지〉, 〈아따맘마〉와도 새롭게 계약하면서, 댄꼼마 오프라인 팝업에서만 살 수 있는 아이템을 늘렸다.

마케팅에도 모든 역량을 쏟아부었는데, 사은품 이벤트, 일별 1+1 특가, 한정 출시 아이템, VIP 초대, SNS 할인 쿠폰 이벤트 등 할 수 있는 건 다 했다.

3개월이라는 시간 동안 필사즉생의 마인드로 내 모든 신경을 팝업에 집중했다. 매장 기획부터 VMD, 진열, MD, 마케팅, 영업 가이드까지 직접 기획하며 처음부터 끝까지 모든 곳에 공을 들였다.

홍보도 처음 포켓몬 컬래버레이션을 했던 때처럼, 댄꼼마를 시작할 때 〈스즈메의 문단속〉 컬래버레이션을 진행했던 것처럼 서울, 경기도 사람이라면 댄꼼마 팝업 소식을 못 본 사람이 없을 정도로 바이럴을 하자는 마인드로 모든 역량을 쏟아부어 진행했다.

다행히 짱구 자개 컵, 흰둥이 미니 그릇, 통통통사후르 굿즈, 아따맘마 굿즈 최초 공개, 1+1 이벤트 등 다양한 아이템과 이벤트가 크게 바이럴되면서, 팝업에 대한 대중의 관심이 높아졌다.

캐릭터 굿즈 장인으로 브랜딩

최선을 다해 준비했지만 한편으로는 이게 과연 성공할 수 있을까 걱정도 됐다. 각각의 캐릭터 라이선스 팝업이 흥행하는 경우가 대부분이었고, 많은 라이선스를 묶은 스토어형 브랜드 팝업이 성공한 전례는 없었기 때문이다.

짱구, 스폰지밥, 코난 등 각각의 라이선스는 강력하지만, 인지도가 낮은 캐릭터 라이프 스타일 브랜드가 메인이 되어 이 라이선스들을 플레이시킨다는 것 자체가 생소한 개념이었다.

하지만 덕심을 저격하는 상품 그리고 마케팅은 성공할 수밖에 없다. 그 결과 첫날에만 1,000명 가까운 고객이 줄을 섰고, 팝업 매장은 물론 몰 전체가 댄꼼마 고객으로 붐볐다. 자개 컵, 흰둥이 밥그릇 등 팝업 한정판은 입고되기 바쁘게 품절되었고, 일주일 즈음 지나니 판매할 상품이 없어 재고 있는 제품을 확장 진열하기에 이르렀다. 결국 기존 목표치의 2.5배가 넘는 매출을 달성하며 팝업은 성공적으로 끝이 났다.

각 라이선스를 댄꼼마 콘셉트에 맞게 재해석해 온 상품들을 MD가 아닌 대표의 마인드로 좀 더 크게 보고 댄꼼마라는 브랜드의 매장 안에 플레이되도록 리브랜딩한 것인데, 댄꼼마에서만 살 수 있는 제품들이 팝업에 모여 있으니 캐릭터 종합 선물세트 같은 브랜드가 된 것이다.

기존에는 캐릭터가 주인공이 되고 댄꼼마 브랜딩이 뒷전이었다면 '굿즈 장인 댄꼼마'라는 브랜딩이 생겨 역으로 팬들이 우리 IP도 만들어 달라고 요청하게 되었다. 그동안 숨어 있던 브랜드를 전면에 세우며 예상치 못한 시너지 효과를 얻은 것이다. 브랜드 관점에서도 기존 라이선스의 재고도 대부분 소진했고 다시 달려나갈 동력을 얻게 됐다.

이 기세로 스폰지밥 시민 에디션, 코난 극장판 에디션 등을 M 패션 플랫폼과 협업해 성공적인 성적표를 얻었다. 그리고 파격적인 오프라인 데뷔 무대 반응 덕분에 수많은 유통사의 러브 콜을 받게 됐다.

그렇게 바로 10월과 12월은 H사 서울점, 1월은 A사 홍대점 2차 팝업

을 준비하고 있다. 신생 브랜드로서는 쉽게 얻기 어려운 기회들을 요즘 꾸준히 받고 있어 감사한 마음이 크다. 다만 섣불리 일을 벌여 뒤처리에 어려움을 겪지 않도록, 대표의 관점에서 한 걸음씩 중심을 잡으며 내 페이스대로 차분히 이끌어 가고자 노력하고 있다.

작년에 겪은 충격에서 완벽히 회복했다면 거짓말이다. 아직까지도 사업의 성장이라는 거친 파도에 휘청휘청거리는 게 사실이다. 하지만 확실한 건 댄꼼마도 한 뼘 성장했고 나는 이번 성장통을 통해 두 뼘, 세 뼘, 아니 그 이상 성장했다. 다시는 같은 실수를 반복하지 않고, 반드시 이 스테이지를 성공으로 끝내고 말 것이다.

NOW LOADING…
내 꿈은 세계 최고의 덕후 전문가

나의 게임, 나의 필살기

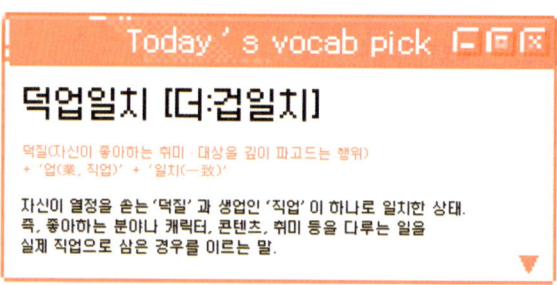

Today's vocab pick

덕업일치 [더·겁일치]

덕질(자신이 좋아하는 취미 · 대상을 깊이 파고드는 행위)
+ '업(業, 직업)' + '일치(一致)'

자신이 열정을 쏟는 '덕질'과 생업인 '직업'이 하나로 일치한 상태.
즉, 좋아하는 분야나 캐릭터, 콘텐츠, 취미 등을 다루는 일을
실제 직업으로 삼은 경우를 이르는 말.

▼

누군가 보기에는 EASY MODE 같아 보이는 나만의 게임. 하지만 난 항상 새로운 성취를 향해 도전을 했고, 그러기 위해서는 쌓아뒀던 모든 것들을 던지는 결단을 내렸다. 그리고 다른 사람의 주도로 돌려진 판을 내가 주도해 이끌어 갈 수 있게 끊임없이 싸워왔다.

안전한 모험이라는 게 있을까? 나에게도 모험은 여전히 두렵다. 안정성이라고는 느낄 수 없는 인생이란 게임 속에서 가끔은 나를 부정하고, 가끔은 상대방과의 경쟁심에 불타서 나를 연료 삼아 태워왔지만 이제는 달라졌다.

나는 내가 덕후임을 인정했고, 덕질이야말로 나의 필살기이자 끊임없이 무언가를 파고드는 강점이라는 사실을 깨달았다. 최고의 짱구 덕후가 되기 위해, 또래 중 가장 열정적인 영화광이 되기 위해, 프로 여행러가 되기 위해, 게임에서 상위 랭커가 되기 위해 덕질을 했다. 내가 좋아서 시작한 덕질은 일까지 범위가 넓어져 마케팅을 덕질하고 MD를 덕질하고 고객을 덕질하기에 이르렀다.

"너는 뭐하려고 이렇게 열심히 일해? 그냥 쉬어."

이런 말을 많이 듣지만 나에게는 일이 게임이요, 곧 덕업일치이고 즐거움이다. 하루하루 성장하고 원했던 목표를 성취해 나가는 나를 보며, 성공 경험이든 실패 경험이든 경험치가 쌓이는 나를 보며 즐거움을 느끼기 때문이다.

5년 후, 나는?

"너는 5년 후 뭐가 되어 있고 싶어?"

내가 소중한 후배들을 만날 때 가장 많이 하는 질문이고, 나 자신에게도 매우 자주 하는 질문이다. 곧 마흔을 앞두고 있지만 되고 싶고, 하고 싶은 것들이 정말 많다. 그중 몇 가지를 소개해 본다.

1. 댄꼼마를 500억 규모의 국내 최고 캐릭터 라이프 스타일 브랜드로 키우고 싶다. 어느 대기업이든 우리 가치를 알아주고 시너지를 낼 수 있는 곳에서 투자를 받아, 덕잘알 상품을 출시하는 덕후들을 위한, 그리고 평범한 어른이들을 위한 라이프 스타일 브랜드가 되고 싶다.

2. 동년배 최고의 애니메이션&영화 전문가가 되고 싶다. 끊임없이 애니메이션, 영화를 공부하며 나중에는 평론까지 할 수 있는 그런 전문가가 되고 싶다.

3. 국내 최고 짱구 덕후가 되고 싶다. 이미 국내 최다 구독자 짱구 유튜버로서, 짱구 굿즈를 제작하는 MD로서, 굿즈를 몇천 개 구입한 덕후로서, 계속해서 그 덕력을 쌓아가고 싶다. 나중에는 짱구학과를 개설하거나 짱구학 개론 같은 콘셉트의 책을 출간하고 싶다. 더 나아가서는 짱구 굿즈 박물관 겸 카페를 만들어 진정한 짱구 전문가가 되고 싶다.

4. 국내 최고 애니메이션 크리에이터가 되고 싶다. 애니 유튜버로는 국내 구독자 수 1위이지만 양적인 아닌 질적인 콘텐츠로도 인정받고 싶다. (여전한 인정 욕구!) 인스타그램에서도 애니메이션 크리에이터하면 빠퀴가 떠오르게 하고 싶다.

5. 덕후 전문 베스트셀러 작가가 되고 싶다. 덕후와 관련된 책들을 더 많이 써 내, 덕후 전문 작가로 자리 잡고 싶다.

6. 열다섯 곡이 수록된 피지컬 앨범을 내고 싶다. 아직 4집과 5집을

작업 중이지만 열다섯 곡으로 꽉찬 정규 앨범을 내고 싶다. 그리고 내 노래로 공연을 다니며 버스킹을 하고 싶다.

이외에도 요리, 여행, 새로운 브랜드 창업 등 하고 싶은 것들이 너무 많다. 그러니 나는 달릴 수밖에 없다. 하지만 어떤 게임의 스테이지이든 내가 주도권을 가지고 이끌어 나갈 것이고 해낼 것이다.

"그럼 10년 후에는 뭐가 되고 싶어?"

이 모든 경험과 기술들을 총망라해 세계 최고 덕후 전문가가 되고 싶다. 아직 덕후 부문에는 전문가라고 할 만한 사람이 많지 않고, 그런 타이틀도 없다. 덕후 하면 빠퀴가 떠오를 수 있도록 노력해서 덕후들에게 힘을 주고, 길을 제시하고, 후배들을 양성하는 전문가가 되고 싶다.

내 게임은 아직도 열심히 진행 중이다. 이 책을 보고 있을 많은 덕후, 어른이들에게 한마디 하고 싶다.

덕질은 옳습니다.

END GAME.

이 게임의 끝은 어디인가?

체력 500
맷집 999
지능 800
기품 700
매력 999
도덕심 999
업보 500
감수성 999

덕후평가
마케팅평가
MD평가
리더십평가

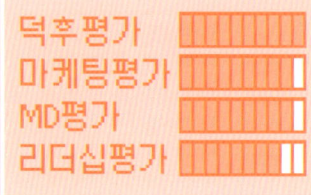

Lv.37
박휘웅 ☆ 빠퀴

사업가, 유튜버, 가수, 영화광, 게임랭커, 전직장인

덕력 999
관중력 999
독기 999
항마력 999

예의범절
예술
화술
요리
청소세탁
성품

여기 한 덕후가 있다. 좌측에 있는 그의 스테이터스를 다시 한번 살펴보자.

이름 박휘웅 (빠퀴)
직업 사업가, 유튜버, 가수, 작가, 前직장인
레벨 37
력 500
관종력 999
덕력 999

그렇다. 이 책을 쓰는 순간에도 나는 성장했다. (나이도 한 살 먹었다.) 체력은 조금 줄어들었지만 덕력과 맷집이 성장했고, 혼자가 아닌 파티원과 함께하게 됐고, 작가라는 타이틀도 하나 더 생겼다.

내 인생이 EASY MODE라고? 누군가는 아직도 그렇게 생각할 수도 있겠다. SO WHAT? 나는 끊임없이 새로운 시도를 했고, 새로운 스테이지로 달려 나갔다. 그 사이 게임 오버 같은 순간도 경험하고, 수없는 좌절의 시간도 보냈다.

이것 하나는 확실하다. 숱한 실패의 순간에도 나는 경험치를 쌓았고 성장했다. 작고 큰 실패의 경험은 나의 경험치를 올려 줬고, 맷집을 올려 줬으며, 동료의 중요성을 깨닫게 해줬다.

나는 아주 긴 시간 동안 내가 덕후라는 것을 부정해 왔다. 단지 덕후라는 이유로 내가 이룬 성과들이 뒤덮이는 게 싫었고, 나의 취미를 들키고 싶지도 않았기 때문이다.

하지만 이제 내가 덕후인 것이 자랑스럽다. 뭔가에 몰입하고, 한번 파고들면 끊임없이 탐구하고, 포기하지 않는 덕후의 근성이 나를 성장시켰고, 덕업일치의 순간은 더 큰 성공의 파도를 불러왔기 때문이다.

나는 그동안 이 게임의 끝은 어디인가 고민했고 그 끝을 찾고 싶었다. 하지만 끝이 없다는 걸 이제는 안다. 대부분의 게임은 쉽게 끝나지 않으니까.

특히 인생이라는 게임의 끝을 정하는 것은 섣부른 생각일 것이다. 우리가 해야 할 것은 덕업일치를 이루어 내고, 하루하루 나에게 주어진 게임을 성취로 가득 채우는 것이다. 그럼 게임을 끝내기보다는 즐거운 이 게임이 끝나지 않기를 바라는 순간이 오리라.

바야흐로 덕후의 시대. 덕후임을 강점으로 여기고 덕업일치를 하는 사람이 많아지길 바라본다.

언제나 당신의 덕질을 응원하는
박휘웅 드림

마지막 페이지
스페셜 땡스 투
♥ ♥ ♥

다섯 살 때 일기장에 그린 자화상

방구석 덕후가 성덕이 되기까지, 유튜버가 되기까지, 그리고 책을 써 내기까지 힘을 주신 분들께 특별히 감사의 마음을 전합니다.

무슨 일을 하든 언제나 내 편이 되어 응원해 주는 엄마, 아버지, 찬웅이, 휘은이, 사랑하는 우리 가족들 고맙습니다. 그리고 언제나 내 곁을 따라다니며 냥테라피를 해주는 찐빵이와 햄빵이도 정말 고맙다.

이제는 멋진 선배 같은, 늘 새로운 길을 열어가는 최운식 법인장님께도 깊이 감사드립니다. 짱구 프로젝트 때부터 라이선스 파트너로 늘 영감을 주신, 이제는 절친이 된 김종래 부장님 감사합니다. 밝은 모습으로 늘 도움을 주시는 하선주 차장님, 그리고 과거부터 현재까지 배울 점이 많은 업계 선배님 황선남 이사님과 회사에 다닐 때부터 변함없이 힘이 되어주신 최형욱 부사장님께도 감사드립니다.

언제 만나도 즐거운, 우리 디자이너 마이너스 친구들 김세은, 김진솔 님 고맙습니다. 내가 사랑해 마지않는 후배 이지현, 김해인, 이정훈, 안한영, 윤창민 님도 항상 감사합니다. 말 안 듣는 팀원 컨트롤하느라 고생 많으셨던 고영수, 박영민, 염하나 팀장님께도 감사드립니다.

이제는 만나면 즐거운 친한 형, 최병수 형, 안민균 형 고맙습니다. 언제나 힘이 되어주는 친구 김진태, 서은지, 홍승의 고맙다.

우리 덕후 패밀리, 늘 든든한 파트너 명주현 님, 차지후 님 감사합니다. 힘들 때나 즐거울 때나 늘 옆에서 함께해 주는 댄꼼마 오픈 멤버 장경우 이사님, 손민정 님께도 깊이 감사드립니다.

유튜버 때부터 물심양면으로 도와주신 신동권 세무사님과 책이 나오기까지 가장 고생하셨을 손유리 편집자님께도 감사합니다. 지금의 빠퀴를 있게 해준 4년 차 베테랑 PD 조창진 님께도 감사의 인사를 전합니다.

마지막으로 이 책을 읽어주신 독자님들, 진심으로 감사드립니다. 부족한 부분이 많아 책을 쓰는 내내 고민과 걱정이 컸습니다. 최대한 솔직하게 제 이야기를 전하고자 했는데 어떨지 모르겠습니다. 부디 이 책이 당신의 덕질에 아주 작은 힘이 되면 좋겠습니다. 감사합니다.

덕질로 잘 먹고삽니다

1판 1쇄 인쇄 | 2026. 2. 11
1판 1쇄 발행 | 2026. 3. 11

박휘웅 지음 | 표지 및 본문 일러스트 명주현

발행처 김영사 | **발행인** 박강휘
편집 손유리, 손영민 | **디자인** 곰곰사무소 | **마케팅** 이철주 양슬기 이종호 | **홍보** 최윤아 허한아
등록번호 제 406-2003-036호 | **등록일자** 1979. 5. 17.
주소 경기도 파주시 문발로 197(우10881)
전화 마케팅부 031-955-3100 | 편집부 031-955-3222 | 팩스 031-955-3111

값은 표지에 있습니다.
ISBN 979-11-7332-522-9 03810

좋은 독자가 좋은 책을 만듭니다. 김영사는 독자 여러분의 의견에 항상 귀 기울이고 있습니다.
전자우편 book@gimmyoung.com | 홈페이지 www.gimmyoung.com